とある小さな村のチートな鍛冶屋さん2

夜船紡
Tsumugu Yofune

Regina

レジーナ文庫

リクロス
人々から恐れられる、魔族の青年。
自分を受け入れたメリアを
好ましく思い、
たびたび彼女を助けてくれる。
アンジェリカ
フリューゲル王国の
第三王女。
王城では「我儘姫」と
呼ばれている。
フローライト
水を司る神獣の眷属。
メリアが異世界に来て
最初にできた家族。
ルビー
モルモットの姿をした、
火を司る神獣の眷属。
鍛冶をする際の頼れる相棒。
メリア
神様の力で転生し、十代の身体と
チートな鍛冶スキルを得た元日本人。
アイテムを作ったり料理をしたり、
異世界ライフをのんびり満喫中。

オパール
猿の姿をした、
空間を司る神獣の眷属。
とても人見知り。
リュミー
年若い魔族の青年。
リクロスの直属の部下であり、
彼に恩義を感じている。
ラリマー
牛の姿をした、
草を司る神獣の眷属。
メリアの畑を実らせてくれる。
セラフィ
羊の姿をした、
癒しを司る神獣の眷属。
少し偉そうな態度だが、
メリア想い。
登場人物紹介

目次

とある小さな村のチートな鍛冶屋さん 2

プロローグ

フリューゲル王国は、大陸にある国の中でも大きな国である。

それは太古の昔、フリューゲル王国がこの大陸の国々の争いをおさめ、魔族を魔の島と呼ばれる孤島へ追いやったからだといわれていた。

今でも、この国には武芸に秀でた者が多く、冒険者と呼ばれる者も多い。

その都市ともなれば、当然のように優れた鍛冶職人が集まり、質の高い武器や防具を作って腕を競い合っている。

そんな国の都市部で、最近話題になっていることがある。

それは、とある田舎の村に凄腕の鍛冶職人がいるという話だ。

なんでも、都の鍛冶職人でもかなわぬほどの腕前で、ドワーフの秘術と呼ばれるミスリルをも扱えるという。

しかしその職人の武器を手に入れたという旅商人に尋ねても、彼らはどこで買ったのか決して明かさない。噂の職人の武器を持っている冒険者たちも、示し合わせたように言おうとしない。

きっと噂だけで大した鍛冶職人ではないのだ、という声もある。

だがほとんどの人は、鍛冶師は自分を利用して富を得ようとする者から隠れているのだ、と考えていた。

そうして噂は都市から町へ、町から村へと、国全体に広がっていったのだった。

フリューゲル王国の都からかなり離れたところにある小さな村の、さらに人里離れた林の先に、その噂の店はある。

外観からは、店には見えない一軒家。

その入り口には『casualidad』と書かれた看板がさげてあり、扉には【ＣＬＯＳＥ】の札がかかっている。だが、店からは金属を打つ甲高い音が響いていた。

――カンッ、カンッ。

中を覗くと、真剣な表情の少女が重たそうなハンマーを振るって、金属を打ち伸ばしていた。

炉には炎が燃え盛り、モルモットが炎の勢いを操っている。

――カンッ、キンッ！
音が高くなった瞬間、少女は金属を打つのをやめ、それをバケツへ放り込んだ。
ジューーーッと水が蒸発する音とともに、金属が煌めく。
バケツから取り出した金属は、鋭いナイフへと姿を変えていた。
「これで完成」
――いい感じにできたなぁ。きっと喜んでくれはるよ！
モルモットが言うと、少女は満足そうに頷く。
「そうだね、きっと喜んでくれるよね」
受け取る相手が喜ぶ姿を想像して、少女はふふっと嬉しそうに笑った。
ナイフをコトリと棚に置くと、少女は扉の外へと向かった。
店の外にある畑には、季節を問わずたくさんの野菜が育っている。
畑の周囲に並ぶ木にも同様に、果実がたわわに実っている。
春の野菜も秋の果物も、今が旬であるかのように実っているのだ。
だが、この店では不思議なことではない。
それは彼女の家族である者たちが、彼女のためにした『特別』だから。
木が複雑に絡み合い屋根となったその下で、牛と羊が睡眠を貪っていた。

その周りには柔らかな草が生い茂る。それらをかき分け、兎と鶏が追いかけっこをしていた。

モルモットも駆け出し、追いかけっこの仲間に入る。

そこで少女は背伸びをし、太陽を見つめ、眩しそうに目を細めて呟いた。

「今日も、いい天気になりそうだね」

遠くから鐘の音が響く。

少女はそっと、扉の札をひっくり返した。


【OPEN】

第一章　始まりは市場にて

頬に当たる日差しと小鳥たちのさえずりで目を覚ます。

まだ眠っている小さな家族たちを起こさないように、私はそっと立ち上がり窓を開けた。

柔らかな風がふんわりと髪を撫でる。いい天気だ。

もぞもぞと音がするのでベッドを見ると、皆も目を覚ましたようだ。

――おはようございます、主さま。

――ふぁあ～、おはよぉ。

――おはよ！　おはよ！

――主さん、起きるの早いなぁ。

朝から丁寧に挨拶してくれたのは兎のアンバー。

挨拶のあと、てしてしと毛繕いをして、淡い茶色の耳をふわふわ揺らしている。

欠伸をしているのは蛇のフローだ。まだ眠気があるのだろう。ふらふらと私の腕へ巻きつくと、うとうととそのまま眠ってしまった。

一番元気な挨拶をして、ベッドの上でパタパタと跳ねているのは鶏のオニキス。

モルモットのルビーくんは、んーっと背を伸ばしている。

「おはよう、皆」

今日も、一日が始まる。

私はメリア。元は日本で激務をこなしていた社会人だった。ところが、ある日突然死んでしまったのだ。

気づいたら目の前には真っ白な空間が広がっていて、そこで神様に出会った。

神様が言うには、私は神様のミスで死んでしまったそうだ。

神様はその日死ぬ人の名前を名簿に書くのだけれど、本来亡くなる予定だった人と私の名前を書き間違えてしまったんだとか。

私は神様の話を、冷静に受け入れた。それから、本来の寿命まで生きられるよう、元の世界に返すと告げられたのだけれど……私は生き返ることを拒否した。

だって、もう戻りたくなかったから。

毎日ヘトヘトになるまで働いていた私は、余裕がなく、仕事のことで頭がいっぱいだった。

自分が死んだと聞いて浮かんだのは、両親や友人のことよりも、ようやく解放されたという思いだった。

そう伝えると、神様はとても困っていた。どうやら、喜んで生き返ると思っていたらしい。

だったら、何も言わずに勝手に生き返らせればよかったのでは？　と思ったけれど、どこか抜けているこの神様は、親切心から私との対話を望んだそうだ。

曰く、激務で寝不足ではあるものの健康だった私が、死んだ理由がわからないまま生き返ってはのちのち困惑するだろう、と。

悩む神様に、私は思わず提案をした。

もしよかったら、異世界に連れてってもらえませんか？　と。

異世界で、食べ物や着るものに困らず、ある程度の生活ができる場所がほしい。

昔ハマっていたゲームのような鍛冶師をやってみたい。

鍛冶師をする上で必要なものが手に入るようにしてほしい。

十代の体になりたい。

社会人になる前は、様々なゲームやアニメを嗜んでいたからか、どんどん願望が口からこぼれ落ちた。

すべてが叶うなんて思ってはいなかった。でも、もしかしたらと、期待が膨らんだ。

神様は少し悩んだあと「わかった」と言ってくれた。

その言葉を聞き、私は喜びを表そうとしたと思う。けれど、できなかった。

この白い空間に来た時と同じように、突然、私の意識は暗闇へと落ちていったから。

目が覚めると、私は十三歳の少女になって、知らない部屋のベッドの上で眠っていた。

そこは、神様が私に準備してくれた家。私がずっと憧れていた、カントリー風の家だった。

そこには鍛冶のための炉や、鉱石が採れるダンジョンまで準備されていた。

こうして私は、異世界での新たな生活を始めたのだった。

それからあっという間に時は過ぎ、一年が経った。十三歳の体をもらったわけだから、十四歳ということだ。

思い返せばこの一年、様々な出来事があった。

ここへ来てすぐの頃はたった一人の生活だったけれど、今では六匹の獣たちと一緒に暮らしている。

最初の同居人は、神様から私のボディガードを任されたフローライト。白いボディにきゅるるんとした赤い目のまだまだ小さい子どもの蛇で、私はフローと呼んでいる。

それから、神獣の住処からさまよい出て迷子になっていたオニキス。食いしん坊でおっちょこちょいだけど、闇を司る鶏で、いざという時は頼りになる子だ。

さらに、茶色い兎のアンバーもいる。私が家庭菜園をしてみようとした時に神様に召喚されて来てくれた子で、土に栄養を与えたり、土壁を作ったりできるおしゃれさん。

そのあと加わったのは、ちょっと偉そうだけど、優しい癒しの羊、セラフィ。

鍛冶の頼れる相棒で、火を司る大きなモルモットのルビーくん。

食生活の八割を支えてくれている、植物を慈しむ牛、ラリマー。

彼らは神様に仕え、この世界を守り支える、十二の神獣の眷属なんだそうだ。

一人だと寂しいから、彼らが側に寄り添ってくれて私は嬉しい。

この一年で、家から一番近いフォルジャモン村の人たちとも親しくなった。

フォルジャモン村は小さな村で、鍛冶師がいない。

そのため、武器屋がないと知って、私は家で鍛冶屋を始めることを決めたのだ。

だけど、お店にはあんまり人が来ない。

私の家は村から歩いて一時間もかかるため、村の人が立ち寄るには遠すぎるのだ。

しかしながら品物がほしい人は多いので、週に一度開かれる露天市場で売らないかと提案されて、私は出店を決めた。

初めての市場は、持ってきた品物がすべて売り切れるほどの大盛況で終わったのだけど、それを見ていた柄の悪い冒険者に目をつけられ、恐喝されてしまった。

その時は幸運なことに、気まぐれな魔族の青年、リクロスに助けられた。

けれど、魔族はこの世界では災厄として恐れられているらしく、恐喝してきた冒険者が「魔族が出たぞ！」と大声で叫んだため、村は市場どころではない大騒ぎになってしまった。

さらにこの一件で、私はブゥーヌという元ギルド長に狙われることに。

まだこの世界のことを理解していなかった私は、ミスリルという貴重な鉱石を使った武器や防具を、相場よりもかなり安く出品していた。

市場での騒ぎをきっかけにそのことを知ったブゥーヌは、ミスリルを安く得る術があるのだろうと考えたらしい。私からその秘密を聞き出し、富を得ようと企てていた。

私は、ミスリルの在り処を吐かせようとするブゥーヌの手下に攫われてしまう。

しかも運悪く、フロー以外の眷属たちと別行動を取っていて、私は大ピンチ。

そんな時、現れたのがリクロスだった。

彼は、部下であるリュミーさんから私が攫われたことを聞き、再び助けてくれたのだ。

そのあと駆けつけたアンバーが土壁を作ってブゥーヌと手下を閉じ込め、村長であるマルクさんやギルドの受付担当であるジャンさんたちに引き渡して、事件は終わるはずだった。

そこで終わってくれればよかったのだけど……マルクさんたちは私という存在を怪しんだ。

突然現れた幼い少女が持つ一流の鍛冶スキルや、多数の神獣の眷属が一人の人間に情を持っていること、一般常識の欠如など、私にはちぐはぐな部分が多すぎたから。

特に神獣の眷属が神以外の存在に興味を持つことはあり得ないらしく、人間と絆を結ぶのは珍しいという。

どうするべきか悩んでいた私に、神様は私自身の正体を彼らに明かすよう伝えた。

実は、私は神様から加護（かご）をもらっている。そのため神様は私のことを見守り、時折助言をしてくれるのだ。

そんな神様の後押しもあり、私は勇気を出して彼らにすべてを話した。

そして、彼らは葛藤（かっとう）しつつも、私たちを受け入れてくれた。しかも、魔族であるリクロスが私の家を訪れることも容認し、少しずつ距離を縮める努力もしてくれることになったのだ。

そんなブゥーヌの事件が終わり、数ヶ月が経った。

リクロスとその部下であるリュミーさんは、たびたび私の家に泊まっている。

まだ村の人たちには姿を見せられないからこっそりとした訪問だけど、村長であるマルクさんやギルドの受付のジャンさんは、恐る恐るではあるが、リクロスに話しかけているのを見ることがある。

私自身にも、村を歩いていると声をかけてくれる人が増えた。村で酪農（らくのう）をしている人に卵やチーズ、牛乳を分けてもらったり、冒険者の人から新鮮な鹿（しか）や熊の肉をいただいたりしている。

その代わりに私は包丁を研いだりして、持ちつ持たれつの関係を築いている。

一年前に比べると私もこの世界にすっかり馴染んだなぁと実感しながら、今日もお店を開く。

するとしばらくしてから、いつも通り閑古鳥が鳴くお店に、深刻な顔をした二人組が訪ねてきた。

一人はマルクさん。もう一人はジャンさんだ。

「やぁ、メリアくん。久しぶりだね。ちょっといいかな?」

その表情に似合わず、穏やかに言うマルクさんに戸惑いながらも、私は二人を家の中へと招く。店番はルビーくんに頼み、何かあれば呼ぶよう伝えておいた。

この家で普段使っている部屋には、日本の技術が溢れている。けれど、それらはこの世界からすればあまりにも異質なため、神様がこの世界仕様のダミーの部屋も準備してくれていた。

今二人を通したのは、ダミーの部屋だ。

二人に座ってもらい、お茶とお茶菓子を用意して私も席に着く。

紅茶を一口飲むと、二人に向き合った。

「それで、村長であるマルクさんが、わざわざ訪ねてくるほどの用事ってなんでしょうか？」

　私が聞くと二人は息を吸い込み、がばっと深く頭を下げた。

「頼む、メリアくん。市場に出店してくれないだろうか！」

「へ……？」

　多分その時の私は、本当に間抜けな顔をしていたと思う。だって、二人ともあんなに真剣で切羽詰まった顔をしているのに、ただの市場への出店の話だったんだもの。

「あんな事件があったあとだ。君も嫌な思いをしただろう。だが、君の作るものを村の者だけではなく、市場に来る商人や冒険者たちも楽しみにしているんだ。だから、もしメリアくんさえよければ出店してもらえないだろうか」

　マルクさんに続き、ジャンさんも口を開いた。

「こっちにもさー、その問い合わせがたくさん来てて、結構困ってるんだよねぇー。不安なら冒険者を護衛につけるよー。もちろん、信用できる人をねー」

「あ、あの、私が市場に出ると村の皆さんの迷惑になるんじゃ……」

　実は、前回あんな騒ぎになってしまったので、また迷惑をかけてしまうんじゃないかと思って、ずっと市場への出店を控えていた。店のほうに来てもらえればいいかな？　という軽い気持ちもあった。

確かに遠いとは言われたけれど、ここ最近はお客さんも少ないが来てくれるようになった。

最近のお客さんは修理にしろ研磨にしろ、加工したいものをまとめて持ってきてくれていた。恐らく、村で取りまとめて店まで来てくれているんだろう。だから、それでいいと思っていた。

けれど私の言葉を聞いたマルクさんは、激しく首を横に振る。

「出店が迷惑なんてことは、絶対にない！　それに、もう二度とあんな事態が起こらないよう対策は練った！」

「皆、事件のことを気にしてお願いしづらくてねー。様子を窺いつつ、君がまた出店すると言ってくれるのを待ってたんだよー。でも、ずっと要望は来ていたのー。ダメかなー？」

尻尾をくねくねと動かして、ジャンさんが少し首を傾げる。うぅ……可愛い。

そういえば、時々市場に顔を出すと、そのたびに村の人からちらちらと視線を送られていたような気がする。

私によくしてくれる村の人たちの顔を思い浮かべながら、私もできることをしよう、と決意した。

またあんなことがあったら……と思うけど、次からは絶対にフローたちから離れないようにすれば大丈夫だよね。

私は二人のほうを見て伝える。

「わかりました！　出店します!!」

二人は顔を見合わせてほっとした表情を見せた。

そうして次の市場への出店を決めた私は、何を出すかを二人とともに話し合うのだった。

そして迎えた市場の日！

私は品物を並べながら出店の準備をしていた。

今日のお供はフローとルビーくん。ポケットに入るミニミニコンビだ。

ここまで連れてきてくれたオニキスは、この村唯一の宿屋『猫の目亭』の看板娘ミィナちゃんにお願いして預かってもらった。

真っ黒な鶏(にわとり)のオニキスは、その見た目ゆえに食用に見られがちな上、攫(さら)われそうで怖いしね。

セラフィとアンバー、ラリマーはお留守番だ。

『心配だから私から離れたくない』と言う皆の顔を思い出すと申し訳なくなるけれど、これにはわけがある。

普段は静かなこの小さな村だけど、市場の日だけは特別だ。

朝から賑わい、メインの道路にはたくさんの露店が立ち並んでいる。

ちょっとしたお祭り気分になる市場の日には、多くの冒険者をはじめ、周囲の村からも人が集まるのだ。

そんな皆が集まっていると、多くの動物を引き連れた私が目立たないわけがない。

そうすれば、皆が神獣の眷属だとバレてしまう可能性が高くなる。実際に、ジャンさんにはバレているわけだし、他に気づく人がいてもおかしくない。

神獣の眷属は、人や生き物に興味を示さないと知られている。

そんな彼らが私に懐いていることを見られて、私の秘密がバレてしまうと困るのだ。

こうして市場で馴染みのない人々が多いと、対策しておいてよかったと思う。

私にあてがわれた露店の前には、いつの間にか期待に満ち溢れた人たちが、始まりの合図を今か今かと待ちわびている。

バーゲンセールのような激しい戦いになるだろう。

そんな予想をして苦笑しながらも、自分の品物が望まれていることに嬉しくなる。

出店を決めてよかった。

「これでよし！　と」

準備をし終えてふぅと汗を拭（ぬぐ）っていると、隣の露店の男性が声をかけてきた。

「よぉ、ねーちゃん」

「あ、肉屋の！」

私が初めて参加した市場で、オニキスを神獣の眷属（けんぞく）とは知らずに売りものにしてしまった商人だ。

初めての出店の時もお世話になり、その後も縁（えん）があって彼からお肉を買うようになった。今ではすっかり顔馴染みで、名前も教えてもらった。イェーガーさんだ。

「わぁ、また一緒なんて嬉しいです！」

「はは、偶然は続くもんだ。ここまで行くと縁（えん）だな。どうせ、また開始から飛ばすんだろ。手伝ってやるよ」

「本当ですか、助かります」

私の店の前に並ぶ人々を見て、イェーガーさんは腕まくりをする。

手伝いを買って出てくれた彼に、私は心から感謝した。

「まぁ、お得意様だからな！　また、肉買ってくれよ」

「もちろんです！」

始まりの鐘の音が鳴ると同時に、並んでいた人たちが一気に押し寄せてくる。

私が最初に並べたのは、鍋やフライパン、包丁など家庭で使う調理器具だ。

それらが売り切れてから、武器や防具を並べる。

これは、マルクさんとジャンさんが来た時に相談して決めたことだった。

村人と、冒険者や商人が求めるものはそれぞれ違う。

武器や防具をあとに回すことで混雑を抑え、余計なトラブルを生まないようにと考えたのだ。

また、数に限りがあるので、武器や防具は一人六点までと定めている。

マルクさんとジャンさんは、商人たちの買い占めを抑制するためだと言っていた。

六点にした理由は、防具を求めている人への配慮だ。

防具は兜、鎧、籠手、靴、盾と、いろいろな種類が存在する。全身を守ろうとすれば、それくらい必要になってしまうのである。

というわけで、すべての防具と武器を一式揃えられるよう、一人六点までに決めた。

また、買える数を制限することで、買う人たちは少しでもいいものを求めて吟味する。

そうなれば、購入するまでに時間がかかるので、会計をするこちらも少し余裕ができて一石二鳥だ。

実際、買う人たちは悩んでくれて、私はゆっくり会計できた。この作戦は概ね成功と言える。

おかげで目を回すことなく、お昼頃にはすべての品物を売ることができた。

手伝ってくれたイェーガーさんにお礼を告げて、ゆっくりと片づけをし始めた時。

「ねぇ。少しいいかしらぁ？」

少し間延びした女性のような口調の、意識した裏声が聞こえた。

顔には美しく化粧がされているけれど、肉体はがっしりしていて、綺麗なドレスは窮屈そうだし伸び切ってしまっている。

「は、はい？」

私が困惑しながら返事をすると、その人は口角を吊り上げた。

「んまぁ、可愛らしい子ね。わたくし、かの有名なシュレヒト商店の商人、マンソンジュよぉ。以後よろしくねぇ」

しゅ、しゅれひと商店……？　有名なの？

「それでね、話というのはぁー」

「おい。約束を忘れたのか？」

私を助けるように、イェーガーさんが間に入ってくれたけれど……約束ってなんだろ。

「あらぁー？　お話はダメなんて言われてないじゃない」

マン……ソンジュさん？　が不敵に笑い、イェーガーさんと睨み合う。

険しい表情のイェーガーさんは、野次馬の一人に声をかけた。

「おい、そこの。村長かギルド長を呼んできてくれ」

「わかった」

あらかじめ決まっていたかのように、その人は戸惑うことなく駆け出す。

すると、マンソンジュさんが声を荒らげた。

「んもぅ！　めんどくさいわねぇ。ちょっとお嬢さんとお話しするだけじゃないっ！」

「こいつは訳ありだから、村長かギルド長を通す。そういう約束だろう？」

「だーかーらー！　お話だって言ってるじゃない。お友達になるのに、保護者は必要ないでしょー？　商談でも交渉でもないったらー‼」

「信じられるか！　おい、ねーちゃん。こいつんとこの商店はな、有名は有名でも悪名で有名なんだよ。気をつけねぇーとぱっくり食われちまうぞ」

しばらく二人のやりとりを聞いていた私だけど、イェーガーさんの一言に驚いてしまう。

「え、ええ。そうなんですか⁉」

「んまー！　失礼しちゃう！　そんなことないわよ‼」

マンソンジュさんは、イェーガーさんにきーっ！　と怒りながら否定した。その姿からは想像もできないのだけど、悪質な商人なのかな？

「メリアくん！　イェーガーくん！」

私が首を傾げていると、マルクさんが息を切らしながら走ってくる。イェーガーさんがそれにすぐ気づいた。

「お、来たな。村長さん」

「遅くなってすまなかった。ありがとな」

「いいってことよ。そこの奴さんが、このねーちゃんについての約束を忘れちまったみたいでな」

「そうか。すまないが、ギルドまで一緒においでいただけるかな？」

マルクさんが厳しい面持ちで見つめると、マンソンジュさんは顔を真っ赤にする。

「んもう、いいわよ‼　ちょっと、お話がしたかっただけなのにっ！　エスコートも結構よ！　サヨウナラっ‼」

ふんっと怒りながら背を向ける姿に、イェーガーさんとマルクさんは呆れた様子でため息をついた。この騒動を見ていた、何人かが去っていく。

「マルクさん……？」

私は状況がわからず、マルクさんを見る。すると彼は、苦笑を浮かべた。

「メリアくん、少し場所を変えて話をしよう」

「はい。わかりました」

私もちゃんと話を聞きたいので、その提案を受け入れる。するとマルクさんは、私の手を取り歩き出した。

「あ、片づけっ！」

「代わりにやっといてやるからあとで来い」

ふと思い出して店を見ると、イェーガーさんがそう言って見送ってくれる。

「ありがとうー!!」

私は笑顔で、イェーガーさんにお礼を言った。

そうしてマルクさんに連れていかれた先は、ギルド長室だった。

この部屋には、盗聴対策が施されているらしいので、私の秘密——異世界人だということや、眷属のことも話せる。

「早速絡まれたようだな」

大きな机に着いて声をかけてきたのは、ブゥーヌの代わりにギルド長になったフェイさんだ。

彼はマルクさんの古い友人で、神獣とその眷属を敬愛するエルフ。見た目は二十代くらいの青年だけど、もう百歳を超える高齢だという。

「それで？　絡んできたのはどこのどいつだ？」

眉間にしわを寄せるフェイさんに、マルクさんが答える。

「シュレヒト商店だ。それと、成り行きを見守っていた者の中に、私の姿を見てその場を離れた商人が数人いた」

二人にしかわからない会話がどんどん続いていく。

――ご主人様、もうここから出てもいい？

ポケットの中で窮屈だったのだろう、フローが顔を出す。するとマルクさんと話していたフェイさんが、すごい顔でこちらを向いた。

そしてフローの姿を目に留めると、素早い動きで私の側に跪いてどこからかクッションを取り出し、フローに恭しく差し出した。

「水の眷属様!!　そのような狭い場所におられたなんてっ！　なんたることだ!!　どうぞ、こちらに」

――どうしよう、ご主人様。

戸惑っている様子のフローに、私は微笑みかける。

「ご厚意だし、今ここにいる人は皆のこと知ってるし、いいんじゃないかな？」

――んじゃあ、わしも乗っかるわ。やっぱ、ポケットは狭いしなぁ。

ルビーくんはポケットからヒョイッと出てくると、クッションへと飛び乗った。

ぽふんっと軽く弾んだクッションは柔らかく、上等なものだということがすぐにわかる。

――じゃあ、僕も。

ルビーくんの姿を見て、スルスルとフローもクッションの上へ。その様子を見ていたフェイさんは感動しているようで、ふーっと鼻の穴を大きくして目を輝かせていた。

「ああ……こんなに間近で眷属様方の姿を拝見できるなんて……」

クッションの上にいる二匹をうっとりと見つめるフェイさんに、マルクさんが呆れた様子でため息をつく。

「まだ話は終わってないぞ」

マルクさんは二匹が乗ったクッションをフェイさんから取り上げ、机の上に置いた。

「ああーーーっ！　俺の至福がぁっ！」

「メリアくんの問題が解決しないと、その至福は永遠になくなってしまうぞ」

「そうだった」

マルクさんの言葉に、フェイさんはハッとする。

彼は先ほどまでのデレデレした態度を一変させ、私たちに向き合った。

「で、先ほどの話だが……」

マルクさんが仕切り直す前に、私はそろっと手を挙げる。

「あの、その前に、私にもちゃんとわかるように説明してもらえませんか？」

「そうだったね。メリアくん、実は……」

そうして、マルクさんはゆっくりと口を開いた。

私が市場に不参加だった間、マルクさんとフェイさんは市場に参加する商人たちと何度も話し合いをしたそうだ。

私は神様から与えられた特別な鍛冶スキルによって、優れた武器や防具、特殊な機能を持った装飾品などを作ることができる。

悪質な商人に目をつけられて素性を探られれば、眷属のことや、私が異世界人で神様と関わりがあることまでバレる可能性がある。そのため、市場で品物の売買をする以外、私と個別に契約を結んだり、交渉したりしてはいけないという不干渉の約束をしたという。

商人たちは嫌がったが、いくつかの条件を提示されて納得したのだそうだ。

そういえばマルクさんは、私に出店を頼みに来た時、対策をしたと言っていた。あれはそういうことだったのか。

「あと、イェーガーくんも協力者だ。約束を破る商人がいないか、見張ってくれている。彼は渋る商人たちの説得にとても協力してくれたよ」

「イェーガーさんが？」

ふと思い出したようにマルクさんから告げられて、私は驚く。マルクさんは笑顔で頷いた。

「ああ。だから、君が出店する時は彼に隣にいてもらうように頼んでいる。彼も了承してくれたよ。それと、私を呼びに来てくれたのは、君につけていた護衛の冒険者の一人だ」

イェーガーさんは、せっかくの縁（えん）だからと見張り役を買って出てくれたそうだ。

彼は随分なやり手で信頼されているから適任だとマルクさんは言う。

「あからさまに護衛するのはどうかと思ってな。あえて遠巻きに見守らせておいた」

マルクさんの説明に、フェイさんが付け加える。なるほど、納得がいった。

「それで彼は戸惑（とまど）いもせず、すぐ駆け出したんですね……で、マルクさんがさっき言ってた、商人に出した条件って？」

商人たちが納得するほどの条件を出しているのだ。マルクさんとフェイさんに、私はすごい迷惑をかけたのでは……？

私がドキドキしていると、マルクさんはおもむろに口を開く。

「それは……いくつかあるが、一つはメリアくんが定期的に市場に出店することだ」

「定期的に……ですか？」

「ああ、商人たちは安定した物資の供給を望んでいる。毎回、同じだけの量が欲しいんだよ」

マルクさんの言葉を聞き、フェイさんが頷きながら続ける。

「それと、同じ商人が集まる時にしか出店させないことだ」

現在、週に一度来る商人たちだけど、実は第一グループから第四グループまで分かれており、その週ごとで違う商人が順番に来ているのだそうだ。

私が出店していた時に来ていたのは、以前も今日も第二グループだという。だから今、私の品物のよさを知っているのは第二グループの商人だけ。

そこで、第二グループの商人たちは不干渉の約束を呑む代わりに、私の品物の独占権を主張したらしい。他のグループの商人が手に入れられないものを仕入れれば、プレミア価値が上がるからだ。

ただ、それだと第二グループを贔屓するような形になるので迷ったものの、私を守るのが最優先ということで、マルクさんたちは受け入れたそうだ。

「勝手に決めてすまない」

そう言って頭を下げるマルクさんに、私は首を横に振る。

ああ、なんて優しい人たちだろう。

この人たちがいるから、きっと神様はここに家を建ててくれたんだ。

「私こそ、ありがとうございます。マルクさん、フェイさん。あとでイェーガーさんにもお礼を言いますね」

「ああ、そうしてくれ」

にこやかにフェイさんが頷く一方で、マルクさんは渋い顔をした。

「それで、問題はその約束があるにもかかわらず、君に話しかけてきた商人だ」

「あいつが失敗してすぐ立ち去った商人もだな。多分、同じことを考えていたのだろう」

「恐らくその辺はイェーガーくんが把握しているだろうから、あとで確認して対策を練ろう」

マルクさんとフェイさんは、真剣に話し始める。

あの人は、確かお友達になりたいというようなことを言っていた。

けれどマルクさんたちの話から考えると、あの商人は利用価値のある私に近づこうとしていたということだ。それから、私と直接商品の取引をするつもりだったのだろう。

そのせいで私の秘密がバレていたら、大変なことになったに違いない。ほっとする私を、マルクさんが見つめた。

「我々にできることはする。だが、メリアくん、君自身もしばらく用心してくれ」

「眷属様方も、何卒、よろしくお願いします」

フェイさんがそう言ったあと、二人はフローとルビーくんに頭を下げる。大の大人が小動物に頭を下げる図なんておかしいはずなのに、私にはどことなく神聖なものに見えた。

私のために、下げなくてもいい頭を下げてくれた二人に、本当に心から感謝する。

本当に、いい人たちと知り合うことができた。目の奥がつんと痛くなる。

でも、この人たちは私が泣くことを望まない。

目から溢れそうになるそれを誤魔化すように、私はふと気になったことを聞いてみることにした。

「そういえば、この村は七日に一度商人が集まって市場を開きますよね？　どうして七日に一度なんですか？」

「ふふふ、説明してやろう！」

私が場の空気を変えようとしているのに気づいたのか、フェイさんが張り切って話し始めた。

「この村の近くには、水の神獣様の聖域があるのだ！　十二の神獣様のうち、聖域の場所がわかっている方々はごく僅か。その重要性は計り知れない！」

フェイさんが「ああ～。ここにいるだけで、神獣様の御力を感じるようだぁ～」と、気持ち悪いくらい悶える。それを横目に、マルクさんは呆れたように続けた。

「神獣様に何かあった時の防衛基地のようなものなんだ、この村は。だが、常に人が多いと知らぬうちに聖域を荒らす可能性がある。かといって全く人がいなければ、何かあった時対応が遅くなる」

「だから定期的に市場を開いて、人が集まっても不自然じゃないようにしているのさ。この村に来ている冒険者の中には、国直属の者もいるんだぜ。で、何も異常がないか確認してるんだ。この話は、村の連中も商人たちも知らねえがな」

フェイさんの言葉に、私は首を傾げた。

「え、なんでですか？」

「神獣様がおられる聖域の場所は、国の中枢の人間にしか知らされていないもんなんだ。神獣様の力は偉大なものゆえに、悪しき者に狙われる可能性がある。だからこの村で市場を頻繁に開く表向きの理由は、薬草が採れるからということにしている」

「薬草？」

私が問うと、フェイさんは頷いた。

「そう。この国では王都に近くなればなるほど植物が生えにくいからな。その上、薬草は綺麗な水と空気のある場所じゃないと生えない。そして、ここで採れる薬草は水の神獣様のおかげで超一級品。都市では絶対に手に入らないレアものだ。だから商人はこの村に薬草を求めに来たついでに、自分たちの品物を売っていく。ちなみに、ギルドに来る依頼も、薬草採取が大半を占めてるんだぞ」

だからこの村にはギルドがあるのか。眷属たちの中でフローが最初に私のところに来てくれたのも、水の神獣様がここにいるからなのかな？

あの時聞いた神獣様の声はとても澄んでいた。いつか会ってみたいな。

薬草といえば、初めて村に来る道中に張り切って採ったんだよね。

まだ鞄の中に入ってるけど……どうしよう？　ギルドに依頼があるんだから、必要かもしれない。

「あの……」

私がおもむろに口を開くと、マルクさんが不思議そうにこちらを見る。

「ん？　どうしたんだい」

「私も薬草をいくつか採って、今も持っているんですけど、必要なら渡したほうがいいですか？」

「ああ、大丈夫だよ。さっきも言ったが、この辺は神獣様がおられるおかげで薬草がたくさん採れるから。それにここ最近、さらに品質がよくなっているんだ」

――アンバーとラリマーがおるからなぁ。その分、この辺の土は質がええんやー。

――僕もたまにお水あげるのー。

マルクさんの言葉に、ルビーくんとフローがそう反応する。

そうだったのか、君たちの仕業か。私の視線の先に、マルクさんたちも気づいたのだろう。合点がいったという顔をする。

「そういえば、君のところに眷属様方が来てからだったか」

「ああ～さすがは眷属様！　いらっしゃるだけでそのお力をこの地に分けてくださっているのですねぇ～」

フェイさんがフローとルビーくんがいる机のほうに、キラキラした目を向ける。

神獣や眷属が絡むと、本当にテンションが高くなってしまう人だ。ただその矢印は一方通行なんだよね。今だってルビーくんもフローも嫌がってはいないけど、困ってるし。

――ご主人様……

フローが若干引いてる。あ、ルビーくんも目でこっちに助けを求めてる。

「そ、それじゃあ、私たちはこれで失礼しますね。イェーガーさんに後片づけ任せてきちゃいましたし……お礼も言わないとなので」

「ああ、そうだな。イェーガーくんには、あとでこのギルド長室まで来てくれるよう頼んでおいてくれ」

「わかりました。フロー、ルビーくん、行こ」

「眷属様方。今度はおいしいものも準備しておきますので、いつでも、いつでも、訪ねてきてくださいね～!!」

名残惜しそうなフェイさんを無視して、私は二匹と一緒にギルド長室を出た。

そして、ギルドの受付カウンターでジャンさんがうとうとしている姿を見て、最初にここへ来た時のことを思い出し、なんとなく懐かしくなったのだった。

第二章『猫の目亭』のイベント準備

「イェーガーさん！　ありがとうございました」

「おう、いいってことよ」

露店まで戻ってくると、既に後片づけは終わっていて、イェーガーさんは豪快に肉を売っていた。そして、私の姿を見ると手招きする。

「で、どうだった？」

「同じことが起きないよう、何か対策を考えてくれるそうです」

「そうか、よかったな！」

ニカッと笑う彼に、私はマルクさんからギルド長室へ来てほしいと伝言を受けたことを伝えた。

周囲には、私とイェーガーさんの様子を窺っている人たちがいる。

私は、イェーガーさんに少ししゃがんでもらい、彼の耳元に唇を寄せた。

「マルクさんから、イェーガーさんがいろいろと手を尽くしてくださったと聞きました。

本当にありがとうございます」

小さい声で、でも、感謝の気持ちだけはいっぱい込めて伝える。

「いやぁ～構わねぇよ。これも縁があったんだろう。商人は情と縁を大事にしねぇとな！」

彼は頭を掻きながら、自身の店の商品を指さす。そして「せっかくだ、肉買っていってくれや」と照れ隠しのように目を逸らして言った。その耳は少し赤くなっている。私は嬉しくなって指を一本立てた。

「じゃあ、スモークハムを買っていこうかな！　一本まるまる!!」

「はは。相変わらず、豪快な買い物の仕方だ」

よしきたと、イェーガーさんは指をパチンと鳴らし、一番おいしそうな大きいハムを渡してくれた。金額も、それはそれは大きかったけれど！

さて、『猫の目亭』へオニキスを迎えに行って、ついでにご飯も食べようかな。

私はイェーガーさんにもう一度お礼を言って、『猫の目亭』へと向かった。

扉を開くと、チリンチリンと軽やかな鐘の音が鳴る。

普段に比べて客の入りは多いけれど、昼時よりも遅い時間だからか、いくつか席は空いていた。今いるお客さんはほとんど食後のようで、ゆったりとした空気を醸し出している。

「いらっしゃ……あ、お姉ちゃん！」

看板娘のミィナちゃんが、笑顔で空いている席に案内してくれた。そして、こっそりと言う。

「もうちょっとお店のお客さんが減ったら、相談、聞いてほしいの」

「え、う、うん……」

「本当？　約束だよ！」

何かはわからないが、上目遣いで可愛くお願いされて聞かないわけがない。

オニキスを預かってくれたり、村の酪農家さんに卵やチーズを分けてもらえるよう頼んでくれたりと、普段からいっぱいお世話になっているしね。私にできることならなんでも引き受けちゃう！

そんなことを思っていたら、オニキスが奥のキッチンから飛び出してきた。私の声が聞こえたからだろう。

「オニキス。お待たせ」

――ご主人～！

嬉しそうにパタパタと跳ねるオニキスを抱き上げて膝の上に置く。

何食べようかなーとメニューを確認してみたら、オススメに鰻の文字が。

よく見ると、鰻の赤ワイン煮と書かれている。

ワイン煮かぁ……初めて食べる料理だけど、どんな味だろう？

鰻なんて、元の世界じゃ高すぎて、もう何年も食べてなかったなぁ。というか、魚自体食べてない。

もう、これは他のメニューを見るまでもなく決めた!!

「ミィナちゃーん！　鰻の赤ワイン煮をお願い」

「はぁい」

わくわくしながら待っていると、出てきたのは彩り豊かな野菜の上に載った、茶色い鰻の切り身。

ふんわり香る赤ワインとハーブの香りが、食欲を誘います!!

「いただきます」

鰻をフォークとナイフで切り分けると、スルリと切れた。しっかり煮込まれていることがわかる。口に入れれば、身がほろほろとほぐれて旨みしか残らない。

し、幸せ……!!

付け合わせの野菜との相性もバッチリ。さすがはヴォーグさんだ!!

オニキスにはパンを、ルビーくんには野菜を、フローには今日買ったスモークハムを渡して、一緒に食べる。結構な量の鰻だったはずなのに、それはあっという間に私の胃袋へと消えた。

「ご馳走様でした」

空っぽになったお皿を前に、手を合わせて呟く。

家でも外でもずっと続けていた習慣は、意外と忘れないものだ。

辺りを見回すと、夢中で食べている間に、随分とお客さんが減っていた。

「お姉ちゃん」

ミィナちゃんがお父さんであるヴォーグさんの手を引っ張って、厨房からこちらに来る。

もしかして相談って、またヴォーグさんの包丁が切れなくなったとか？

いや、この間研いで渡したところだしなぁ……。

「久しぶりだな……」

「ヴォーグさん、お久しぶりです」

「変わりないか？」

「はい」

長身で筋肉質、無愛想でとっつきにくそうなヴォーグさんだけど、私を見るあたたかい瞳や、壊れものを扱うようにそっとミィナちゃんの頭を撫でている姿で、優しい人だとわかる。

私は微笑ましくなりながらその親子を眺めつつ、口を開いた。

「で、ミィナちゃん、相談というのはもしかして……？」

「私じゃなくてお父さんなの！」

にっこり笑顔で言うミィナちゃんは可愛らしい。

「……実は――」

ヴォーグさんが、静かに話し始めた。

ふむふむ。ヴォーグさんの話を一通り聞いた私は、腕を組んで考え込んだ。

彼の話をまとめると、つまりこういうことだ。

ここ最近、包丁の切れ味がいいから仕込みに時間がかからない。

だから、いつもの料理に一手間加えたり、少し手間のかかる料理を出したりすることができるようになった。

そのおかげか、客から味がよくなったと評判になり、市場に集まる商人や冒険者だけでなく、他の村からも客が来るようになって、ここ最近の売り上げは倍に増えている。

せっかく景気がいいので、何か新しいことをしたい。

どうせなら話題になることがいいと、ミィナちゃんのお母さん、つまり宿を切り盛りしているマーベラさんも言っている。

でも、肝心の内容をどうすればいいのか悩んでいる、ということらしい。

どうだろう？　と期待に満ちた目で見つめてくる親子。

この親子の中で、私は悩み事を解決できる魔法少女みたいな立ち位置にいるのかな？

この一年を思い返すと結構なトラブルメーカーなんだけど、頼られるのは素直に嬉しいから考えてみよう!!

料理の話題で……あ〜……う〜ん……なんかあるだろうか？

できればお手伝いしてあげたいけれど、この世界の料理ってほとんど向こうの世界と同じだから、あんまり目新しくないんだよね。和食なら珍しいだろうけど、醤油とかを外には出せないしなぁ……。

酵母を使ったふわふわパンはこっちでも作れるけど、インパクトに欠ける。

料理……高い……珍しい……話題……

参考になりそうなもの……テレビ。

あっ！　あった。昔テレビの番組でやってたデカ盛り特集！

大きな器に盛られたキロ単位の料理を食べきれるか、挑戦する番組だ。

テレビに映るチャレンジャーさんが、大盛りの料理をおいしそうに食べきるのを見てると、自分も食べられるんじゃないかってチャレンジしたくなるやつ。

ヴォーグさんの料理なら食べるのも楽しいだろうし、いいんじゃないかな？

きっと周りで見ている人も影響されて、注文が殺到する！

「あの、デカ盛りってあります？」

「大盛りだろう？　あるぞ。量足りなかったか？」

不思議そうなヴォーグさんに、私は首を横に振る。

「いえ、そうじゃなくて。普通なら食べきれないくらいの量を盛った料理を、提供するのはどうでしょう？」

「食べきれないなら、注文しないだろう？」

「食べきれたら賞金を渡すんです」

「？」

頭にハテナが浮かんでいる二人に、順を追って説明する。

一皿で五人前から十人前の量がある料理を、数量限定で販売する。

食べきれたらお金はもらわないで、逆に賞金を渡す。

食べきれない場合は、提供した量の金額を払ってもらう。

残ったものは、持って帰ってもらう。器は私がアルミで作れば、コスト的にもそこまでかからないだろう。

ふうむ、と検討し始めたヴォーグさん。

ドキドキしながら、ヴォーグさんの返事を待つ私。

私とヴォーグさんを交互に見るミィナちゃん。

静かな時間が流れる。その沈黙を破ったのは、ヴォーグさんだった。

「面白そうだな。やってみたい」

彼は一つ頷いて私を見た。私はほっとしながら口を開く。

「先にマーベラさんにもご相談したほうがいいとは思いますが……」

「ああ、そうだな。ミィナ、悪いがマーベラを呼んできてくれ」

「わかった!!」

すぐにミィナちゃんがマーベラさんを呼びに行く。

マーベラさんは私の説明を聞くと、すぐに賛成し、このイベントに協力してくれることになった。

こうして、『猫の日亭』主催で初の大食いイベントが開催されることが決まり、三人は早速メガ盛りのメニューを相談し始める。イベントの考案者ではあるものの、一応部外者の私は、メニューが決まってからまた来てほしいと言われて席を外すことになった。待っている間、私は市場を見て回ることにする。外に出ると、既にいくつかの露店は店仕舞いしたようだ。行き交う人も朝に比べて少なく、お店を見ている様子もない。

もうすぐ市場も終わりの時間だから、仕方ないか。

食後でお腹いっぱいなので、買い食いもなぁと思いながら、食べ物を売っている露店の前を通り過ぎる。

その直後、私の目に飛び込んできたのは、レースがついたワンピースだった。可愛い。一目で気に入り、もっとよく見たいと露店に近づく。

どうやら服だけでなく布も取り扱う店のようで、絹のように滑らかな布や、細かな刺繍の入ったスカートが、色彩豊かに並んでいる。

「あら、いらっしゃい。この服は都の女の子たちにも人気なの」

服に見惚れていた私に声をかけてくれたのは、華やかな人だった。

マルクさんの娘であるエレナさんが月の花のような儚い系美人だとすると、ここの店員さんは迫力のある色っぽい系の美人さんだ。

流れるようなウェーブのかかった黒い髪に、さくらんぼみたいにぷるんと色づいた唇。口の横の黒子が艶かしい。声もどこか甘くて……とても色気のあるお姉さん。

「ほら、触ってみて。最近流行の布で作られてて、とーっても肌触りがいいの」

長い睫毛を伏せながら、指でつつーっと布を撫でる姿は、同性ながらちょっとドキッとする。

「あ、えっと、じゃ、じゃあそれくださいっ!!」

「ふふ、ありがとう」

顔が火照るのを感じてドギマギしていたら、気づけばお姉さんが指さすそれを購入していた。

お姉さんが綺麗に畳んでくれた服を受け取る。

その時、お姉さんの色気にぴったりな、甘い花の香りがふんわりと鼻をかすめた。香水かな?

いい買い物ができたと上機嫌でお店を離れようとした私は、店の前で子連れの夫婦が喧嘩していることに気がついた。

男性のほうが、店員さんに見惚れていたのだろうなぁと目線をそちらに向けると、その男性と目が合った。……見知った相手だった。

「ジィーオさん」

この村の門番を務めているジィーオさん。

ボロボロだったお父さんの形見の剣を、いつか子に託したいとお店まで訪ねてきてくれた、一番最初のお客様だ。今日は形見の剣ではなく、カッパーソードを腰につけていた。

私が初めて彼に会った時、あまりにボロボロな剣に驚いて、代わりに渡したものだ。

「今日は、休みですか？」

私が尋ねると、ジィーオさんは頷いた。

「ああ、そうなんだ。まだ会ったことなかったな。これがうちの女房と子どもだ」

ジィーオさんの隣に立つ女性は、怪訝そうに眉をひそめながらこちらを見て、軽く頭を下げる。

彼女に抱かれた子どもは、まだ一歳にもなっていない小さな赤ちゃんで、まん丸なおめめをパチクリさせていた。

「こいつは、剣を打ち直してくれた鍛冶屋のメリアだ」

そう紹介されると女性の表情が変わり、その頬を赤く染めて大きな声でお礼を述べた。

「あなたが！　うちの包丁もすっごく切れ味がよくなったの‼　本当にありがとう‼」

「い、いえ。お役に立てたようで何よりです」

母親が突然興奮し、大きな声を出したからだろう。赤ちゃんは「ふえぇ……」と泣き出した。

「ああ！　ご、ごめんなさい。よしよーし、泣かないでー」

「ほれ、カンカンだぞう。いい子だー。……すまんが失礼するぞ！」

二人は慌てて赤ちゃんのご機嫌を取りつつ私に別れを告げると、足早に家のほうへ行ってしまった。

ジィーオさんがあの露店のお姉さんに見惚れていたことは、もう奥さんの頭からはすっかり消えてしまっていたようだ。

ふと露店を振り返ると、先ほどのお姉さんもこちらを見ていて、目が合った。

お姉さんは色っぽい笑みを浮かべて私に手を振ると、店仕舞いを始める。

ただそれだけのことなのに……なんでだろう？　あのお姉さんの笑みが、とてつもなく不気味で恐ろしいもののように感じた。

そんな私の様子に気づいたフローとオニキスが、声をかけてくれる。

——ご主人様、何かあった？

——大丈夫？　大丈夫？

「大丈夫。もうメニュー決まったかな？　『猫の目亭』に戻ろう」

よくわからない悪寒のせいで、皆に心配をかけるわけにはいかない。不安な気持ちを誤魔化すようにもう一度「大丈夫」と呟いて、早くここから離れようと急ぎ足で『猫の目亭』へと向かった。

準備中の看板を無視して入ると、ミィナちゃんが「あ、お姉ちゃん。決まったよ！　こっち、こっち!!」と手を引いてくれる。その手のあたたかさに、人知れずほっとした。

「試作品だ」

誰もいない広い店内でヴォーグさんが指し示したのは、山かと思うほどドドンと積み上げられたスパゲティ。

麺とソースが絡めてあるので、あとからソースが足りないっ！　みたいなことはなさそう。

さらに、粉チーズやタバスコなど、味を変えるための調味料も準備されている。

五人前もあるから、最後まで飽きずに食べてほしいというヴォーグさんの発案だそうだ。

試食会と称して、ミィナちゃんとマーベラさん、ヴォーグさんの全員でスパゲティを食べる。

トマトの酸味と濃厚な甘味が、もちもちした麺にバッチリ絡んでいておいしい!!

「うん、これなら大丈夫そう」

スパゲティを食べながら、マーベラさんが満足そうに言った。

「あ、そういえば、制限時間とか決めますか？」

「制限時間？」

私が聞くと、ヴォーグさんが首を傾げる。

「あらかじめ食べる時間を決めておいて、その時間が経ったら終了にするんです。設定していないと、いつまでもダラダラ食べて完食できちゃうかもしれないので」

私の説明に、マーベラさんはなるほど、と頷いた。

「確かに、いつまでもいられたら商売にならないものね。でも、時間を計る術がないわ」

そう、この世界には懐中時計のような持ち運べる時計が存在しない。

時計はかなり大掛かりな装置で、村に一つしかない。村人は一定の間隔で鳴らされる鐘の音で、大体の時間を知るのだ。太陽の位置を見る場合もあるけど、今回のように制限時間をきっちり計るのは無理だ。

時計が作れればいいのだけど、私の鍛冶スキルでは難しい。一つ一つのパーツが細かいので、細工師のスキルが必要なのだ。

砂時計もガラス細工のスキルが必要で、やっぱり無理だった。

私が悩んでいると、暇だったのか、オニキスが机に上がってきてコツコツと嘴で机を叩き始める。

一定の速度で鳴るその音がメトロノームみたいだと思った瞬間、はっと閃いた！

「そうだ！　歌はどうですか？」

「う、歌？」

マーベラさんが面食らったように問い返した。私は首を縦に振る。

「一曲丸々歌えば、結構な時間になりますよね」

「そうだな、パスタを茹でる時は、歌を口ずさんで、曲が終わるタイミングで取り出している」

「え、お父さん、厨房でそんなことしてたの？」

聞いてみたい……とミィナちゃんが呟いたら、ヴォーグさんが穏やかな表情で「お前が赤子の時、歌うと笑ってくれていた」と頭を撫でた。

そんな和やかな様子を見つつ、私は提案した。

「なら、長めの曲を四曲歌う間に食べきれたらにしましょうか」

一曲約五分と計算すれば、大体二十分の制限時間になる。

難易度が低すぎるとマーベラさんから苦情が出そうだし、これくらいがちょうどいいだろう。

歌い手は私とミィナちゃんの二人が担当することになった。二人で交互に複数の曲を歌うのだ。

恥ずかしいと拒否したかったけれど、当日に動ける人が他にいないと言われてしまうとなぁ。

仕方ない。頑張ろう。そうミィナちゃんと頷き合う。

そういえば、今回のイベントはお店の宣伝も兼ねているんだよね。それなら……

「参加した人には、次回使える割引券を渡すとかどうですか？」

「割引券？」

ヴォーグさんが、それはなんだと問う。

「はい。券を持っている人は会計から50B（ビーンズ）引いてあげるとか、そんな感じのお得感のある券です」

「いいわね！　それならまた次も来てもらえるかもしれないし、お客さんが増えそうだわ」

割引券の提案には、マーベラさんのほうが食いついてくれた。

どんどん決まっていくイベントの内容に、私たちは夢中になって話す。

楽しい時間は早く過ぎるもの。夕の鐘（かね）の音が聞こえたので、話し合いは中断することになった。

「いけない。夜の営業の時間よ」

マーベラさんが急いで入り口へと向かう。私も帰らなくてはと、席を立った。

「もう暗くなるよ？　危ないから泊まっていけばいいのに」

「ごめんなさい。でも、今日はお留守番してもらってる子たちがいるし、心配させちゃうから」

ミィナちゃんの提案を、申し訳なく思いながら断る。

「まだ決まっていない部分もある。また来てくれ」

「はい。また来ます」

ヴォーグさんに返事をして、私は『猫の目亭』を出た。

入れ違いで市場の商人たちが入っていくのを見ながら、私は村の外へと駆け出す。

村の門の周辺は既に人気がなく、私が村を出ると門はゆっくりと閉まった。

これなら、ここからオニキスに乗って帰っても大丈夫だ。

「オニキス、お願い」

――わかった!!

オニキスはそう返事をすると、ブルルと身震いしながら私が乗れるほどの大きさに変わる。私が跨がると、オニキスは大地を蹴って加速し、空へと舞い上がった。

もう太陽が沈みかけて、夜の闇が辺りを包み始めている。

逢魔が時。

元の世界でそう呼ばれたように、こちらの世界でもこの時間から魔物が少しずつ増えていく。

夜になれば魔物が活発になり、凶暴性も増す。急いで帰らないと……

オニキスの周囲に、薄気味悪い鳥のような魔物が集まり始める。

不気味な声を放つそれに向かって、フローがシャーと威嚇するように水の弾を当てた。

――ご主人様に手を出すなっ！

それに続いて、ルビーくんもポケットから出てきて炎を矢のようにして攻撃する。

――これでも食らっとき!!

「ありがとう、フロー。ルビーくん。あと少しだからね、オニキス」

――大丈夫、大丈夫！

オニキスが徐々に降下し、家のすぐ側に着地した。

倒しても倒しても、魔物はしつこく狙ってくる。知識として夜は魔物の時間だと知っていても、ここまでとは思ってもいなかった。

こんなことなら『猫の目亭』に泊まればよかった。

そう後悔した時だった。

――ザシュ。

風を切る音が耳に届くとともに、その場にいた魔物たちは地に伏(ふ)した。

なぜ、と地面のほうに目線を向ける。

そこには、夕闇に溶(と)け込むようなマントを纏(まと)った人物が一人、立っていた。

フードが外れ、銀色の髪がサラリと揺れる。

魔族の証(あかし)である羊のような角(つの)が現れ、鈍(にぶ)く光った。

その姿が視界に入った瞬間、私はまだ魔物の血が滴(したた)る剣を持つ彼へと駆け寄った。

「リクロス!!」

「早く家の敷地に入ろう。血の匂いを追って、他の魔物が寄ってくる」

リクロスは険(けわ)しい顔つきで静かに言った。

その言葉に頷きながら、彼とともに家の敷地へと足を踏み入れる。

神様が与えてくれた家だけあって、魔物はこの敷地へは入ることができない。

無事帰ってこられたことにほっとして、皆に声をかけた。

「皆、大丈夫？　痛いところはない？」

――ないっ！　頑張った、頑張った!!

――ないよー。でも、疲れてしもたわ。おいしいご飯作ってや。

――僕も大丈夫。ご主人様、大丈夫ー？

オニキス、ルビーくん、フローの順に返事を聞いて、私は微笑んだ。

「うん、大丈夫。皆とリクロスのおかげで無傷だった。リクロス、助けてくれてありがとう」

リクロスに向き合って先ほどの礼を告げる。けれどいつもならすぐにある返事がなく、彼の様子は普段とは違っていた。

どうしたんだろうと、首を傾げる。

次の瞬間、彼の表情を見て、私の顔は石になったように強張った。

リクロスはいつもは柔らかな紫の瞳で私を見つめてくれるのに、今はまるで氷のように冷たく厳しい表情をしている。

こんなリクロスの顔、今まで見たことがない。

不穏な空気を感じ取ったのだろう。フローたちがじっと成り行きを見守っている。

リクロスは、重々しく口を開いた。

「君は……この時間が危険だとわかっていたはずだ」

「ごめんなさい」

「彼らが自分の身を守ってくれるから、無茶をしてもいいと思っていたの？」

「私、そんなつもりじゃっ！」

「じゃあ、どういうつもりだったの？」

「それは……」

まだ太陽が出ていたし、オニキスの翼ならここまで帰るのにそんなに時間はかからないと思っていた。それに、私が魔物に出会ったのは、最初に村に行った時の一回だけ。だから、それほど危険な生き物だとわかっていなかった。

いざとなったら、守ってもらえる。そんな考えが全くなかったわけじゃない。

でも、家に残していた他の子たちが心配しているだろうと思ったのも事実で……

私は自分だけでなく、皆も危険に晒してしまった。

言葉に詰まる。リクロスの顔をまともに見れず、私は俯いてしまう。

そんな私に、リクロスは呆れたようだった。

「……君はもう少し、自分の価値を知るべきだと思うよ」

しばらく経って届いた言葉にぱっと顔を上げると、既にそこにリクロスの姿はなかった。

空は雲に覆われて、星の光も見えない。そこにはただ、暗闇が広がっていた。

第三章　悪夢と眷属の想い

「リクロス……っ」

彼が姿を消してから、私は何度も呼んだけれど、彼が姿を現すことはなかった。

――ご主人様、お家に入ろう？

フローが優しく促してくれる。ラリマーやセラフィも気遣うように私の周りに集まってくれた。

ああ、心配をかけてる。ごめんね、皆。

重い足取りで家の中へと入る。

明るいはずの部屋が暗く感じるのは、私の気持ちが落ち込んでいるせいだろう。

――お帰りなさい。市場はいかがでした？

アンバーが明るく私に話しかけてくれる。それに応えられず、そのまま寝室へと足を進めた。

「……ごめん、今日はもう寝るね」

――主さま……

心配してくれている皆には悪いけれど、一人きりになりたい。

暗い寝室のベッドに横になる。涙が溢れてきて止められず、ポロポロとこぼれて枕を濡らしていく。

眷属たちは、私の意見を最優先してくれている。

それに気づいていながら、彼らの優しさに甘えているのは私だ。

前の事件の時だって、そう。いつだって私は判断を誤る。そして皆に迷惑をかけてしまう。

フローたちの力を利用して、頼って、私自身は成長していない。

鍛冶師としての力や眷属たちの能力は私自身のものじゃない、与えられたものだ。

そんな私が、世界に本当に必要とされている彼らを振り回して、怪我をさせたら？

――ふふっ、ここに来ても、私は前の世界での私のままなのね。

役立たずの能なし。

いつだって上司に怒られて、毎日残業をする給料泥棒。

そんな自己嫌悪に陥りながら、私はいつの間にか眠りについた――

『またか。こんな資料、使えるはずがないだろうっ!!』

強い叱責を受けるとともに意識が覚醒し、ドンッと机を叩く音にビクッと肩を震わせる。

あれ？　と辺りを見回す。

いつの間に職場に来たのだろう？

並んだ机には同僚たちが着いていて、パソコンに向かいながら私たちの様子を見ている。

古いコピー機の印刷するガーッという音にどこか懐かしさを感じていると、また怒号が飛んでくる。

『聞いているのか！　何をボサッとしているんだ!!』

「す、すみません」

そうだ。頼まれていた資料が、また間違っていると怒られていたんだ。

それなのに、私ったら、ぼんやりして……

上司が顔を真っ赤にして怒鳴る。

クスクスと隠れて笑う同僚たちの、小馬鹿にしたような視線を感じた。

『――お前のような、出来の悪いやつを雇ってやってる会社の身にもなれ！　さっさと仕事に戻らんかっ!!』

もう一度頭を下げて、床に散らばった資料を拾い上げ、机へと向かう。

机の上には、お叱(しか)りを受けている間にここぞとばかりに押しつけられたであろう仕事が、山のように載せられていた。

どれも、期限が迫(せま)っているものばかり……

今日も残業決定だなと、一人ため息をつく。

いくら頑張っても減らない仕事量。隙があれば仕事を押しつけてくる同僚たち。突然飛んでくる上司の叱責(しっせき)。

それらに耐えながら、無心で仕事をし続ける。

気づけば退社時間となり、上司も同僚も帰っていく。残っているのはとうとう私一人になった。

カタカタと、キーボードの音だけが静かな部屋に木霊(こだま)する。

「……メ、……ア」

誰かの声が聞こえた気がした。

ふと顔を上げて首を巡らす。けれど、部屋の中には誰もいない。

気のせいか。そう思って視線を元に戻す。

「駄目……よ？」

また聞こえた。誰？　優しく呼びかけるような声。

パソコンの画面が消えて、黒いディスプレイに私の姿が映る。

疲れ果ててやつれた顔。違う……これは、今の私じゃない。

「戻っておいで。君の居場所はそこじゃないだろう？」

ガラスが割れるような音が鳴り、ポロポロと部屋が崩れていく。

部屋が崩れ落ちると、初めて神様に会った時と同じ白い空間が広がっていた。

「わ、私……」

「ふふ、悪夢に囚われていたようだね」

掌を見る。小さくてぷにっとした子どもの手。

気づけば、神様が私の側に来たようだ。

パチンと指を鳴らす音がして、何もない空間からテーブルと椅子が出てくる。

なんで、神様が？

「夢現で会おうって言ったでしょ？　ほら、お座り」

ああ、そういえば、神様の加護があれば会えるって……

じゃあ、これは夢なの？

私がそう尋ねようとすると、言葉を発する前に、そうだよと答えられ、促されるまま席に着く。神様は困惑する私を見て寂しそうに漏らす。

「せっかく会えたのに、喜んでくれないとは残念だな。……それにしても、過去の夢を見るなんて随分と落ち込んでいたんだね」

……リクロスを怒らせてしまったの。

「うん。見ていたよ。少し無謀だったねぇ」

神様も、そう言うの？　やっぱり私が全部悪いんだ。

「メリア。君が怪我をしたら僕は悲しい」

唇を噛みしめて下を向いた私に、神様は幼子に言い聞かせるような優しい声で言う。

「眷属の力も絶対じゃない。彼らはそれを知っている。だからこそ、君を守るための力を持った子たちに助けを求めただろう？」

家庭菜園で野菜を植えながら、もっと種類があればなぁって内心思った。

鍛冶で作りたいものがうまく作れなかった時、手助けがあればと望んだ。

そうだ。癒しの力を持つセラフィだけじゃない。

ラリマーとルビーくんもまた、私が声に出さなかっただけで、欲しいと望んだからやってきたのだ。

「私、我儘ですね」

思わず、声が出た。神様には話さなくても聞こえているのに。

「いいんだよ。もっと甘えなさい。僕の加護を受けた、僕の愛し子なのだから」

神様は私に甘い。だから、眷属の皆も私の意思を優先してくれるのかな？

「違うよ。彼らは彼らで、君のことが大好きなんだ。だからこそ、君の望みを叶えたいと思ったんだ。実際、それを叶えられるだけの力を彼ら自身は持っている。だから止めなかったし、無事に帰ってこられただろう？」

そうだね。結果的には誰も傷つかず帰れた。でも……

「君がそこまで憂えているのは、リクロスの言葉のせいかい？」

彼が私に怒ったのは初めてだった。

彼はいつだって私のことを守ってくれていた。

会いに来てくれて、優しい笑みを浮かべてくれて……そんな彼があんなに怒るとは思ってもみなかった。きっと、彼の中の何かに私は触れてしまったんだ。

……もう、会いに来てくれないかもしれない。

「そうだね。彼はいつも会いに来た。でも、君は……彼に会いに行こうとは思わないのかい？」

会いに……行く？

「ずっと、待ち続けるだけなの？　そんな縁（えん）なら切れてしまっても困らないよね」

「嫌、嫌だよ。神様。縁（えん）が切れてしまうのは、嫌だっ!!」

「なら、今度は君が会いに行けばいい。……もっとも、その前に少し辛（つら）い思いをするかもしれないけど……」

え……？

「それとね、君は気づいていないかもしれないけれど、今の君は前の君よりも、ずっと幼いんだ」

「どういうことですか？」

「身体と精神は互いに干渉（かんしょう）し合うものだ。今の君の体は十四歳。思考も体に引きずられる。けれど、それを気にする必要はない。今の君は過去の君とはまた違った人生を楽しめるのだから……」

少しずつ辺（あた）りが明るくなり、神様の姿がぼんやりと消えていく。

神様の声もだんだん小さくなっていき、最後はほとんど聞こえなくなる。

「ああ、もう、目覚めの時か」

「目覚め……」

「メリア。君なら、彼とともに歩める。少しだけ、勇気を出して」

ゆっくり、ゆっくりと体が空に浮いて……目が覚めた。

カーテンを開けると、太陽が顔を出している。部屋から出ると、オニキスが腕の中に飛び込んできた。

優しく抱きしめると、オニキスは私の顔を覗き込む。

——ご主人、ご主人、大丈夫？

「ごめんね。もう、大丈夫……。神様とも少し話をして、スッキリしたの」

リクロスの言う、私の価値なんてさっぱりわからなかったけれど……今ここにいる彼らが、私を大切に思ってくれているのはわかるから。

「アンバー、ルビーくん、フロー、おはよう」

壁から少しだけ顔を出して、様子を窺う三匹に声をかける。

——主さまっ！　おはようございます!!

——おはよぉ、主さん。

——ご主人様。

「皆、心配かけたね。今日の朝ご飯は庭で食べようか。お腹すいちゃったね」

そう伝えると、皆ほっとしたように動き出した。

きっと、セラフィやラリマーにも心配をかけたから、彼らにも謝らなきゃ。

簡単に作れるサンドイッチを持ち、水筒に紅茶を入れて庭へと出る。

私の姿を見て、セラフィが近寄ってきた。

――おはよう、妾の主。大体のことは聞いた。あの無礼者が言ったことは気にするでないぞ？

その言葉を聞いて、彼女の頭を撫でて抱きしめる。

きっと昨日から心配してくれていたのだろう。

ふんわりと柔らかな毛とあたたかさに癒しを感じる。

だからだろう、私の口からぽろりと言葉が出た。

「私の我儘で振り回してごめんね。皆を危険な目に遭わせちゃった」

すると、アンバーがそれを聞いて、問いかけてくる。

――主さま。

「ん？」

――主さまは、無理を通したと思っていますの？

「……それは」

――私たちは、嫌だと思ったら断りますわ。

アンバーに同意するようにルビーくんも続く。

――帰れると思うたから、なんも言わんかっただけや！

「で、でも」

――確かに～、無謀ではあったけどねぇ～。

――妾の主は、失敗を何度も繰り返すようなお方であったかのう？

「ラリマー、セラフィ……そうだね、次、気をつければいいんだよね」

そう言うと、アンバーがにっこり笑った。

――私は、主さまが優しく抱きしめてくださるの、好きですわ。

それに続いて、オニキス、ルビーくん、フロー、ラリマーが次々に口を開く。

――オニキスも！　オニキスも！

――雑食のわしに、好きなもんあるか？　って毎回聞いてくれるのも嬉しいわ。

――ご主人様、いいとこ、いっぱいある。

――だから～ぼくらはマスターの言うことを聞いてあげようって思うんだぁ～。

「あ……皆……。ありがとう。でも、私……」

そう言っている間に、皆がセラフィと私の側にわちゃわちゃと集まってきた。

皆が私の周りで輪になって、ここが好き、ここも好きと教えてくれる。

私は少し離れて、赤くなった頬を隠しながら言葉をかけようとしたら、オニキスが声を荒らげた。

——それ！　ダメ！　ダメ！

「え？」

——ご主人、でも、だって、いつも言う！

——その言葉で、私たちの想いにまで蓋をしないでくださいな。

オニキスの言葉を、アンバーがそっと補った。

「あ……私、そんなつもりじゃ……」

『でも、私、そんないい子じゃない』

そう続けようとした。

皆が優しくしてくれるから、私も優しくしているだけなのだと言おうとした。

でもそれは、こうして集まってくれている彼女たちの想いを受け止めずに、蓋をしてしまう行為なのだと、ハッとする。

もしかしたら、リクロスも同じだったのかもしれない。

鍛冶師としてでも、眷属たちのおまけとしてでもなく、私という人間自体に価値があるのだと、教えてくれようとしたのかもしれない。

神様が言っていたように、以前の私ならば気づけたことも、今の私だと気づけないことが多いのかも。

「皆、ありがとう」

先ほどとは違う、受け流すようなお礼の言葉ではないことが伝わったのだろう。皆、ホッとしたようだった。

「ねぇ、セラフィ。お願いがあるの」

――ん？　なんじゃ？

「前に教わった、魔宝石を一つ、作ってほしい」

――ふむ。よかろう。

私はアイテムボックスからアメシストの原石を取り出して、セラフィに癒しの力を注いでもらう。

神獣の眷属の力を宝石に注ぐと、それぞれの力を帯びた魔宝石と呼ばれる石になる。

魔物の素材になかなか手が出せない私を見かねて、眷属たちが教えてくれた素材の作り方だ。

リクロスの瞳によく似たアメシストは、セラフィの力を受けて濃い紫へと色が変わる。

細工師ほど精密なものは作れない。それでも、何かと私を守ってくれる彼のために、癒しのペンダントを作ろう……これが私の誠意だ。

できた魔宝石を持って、早速、鍛冶場に入る。

「ルビーくん。手伝ってくれる？」

――おうよ‼

魔宝石には、その眷属の特性に応じて加工に適した温度があり、その温度が一定に保たれるように炎を操らなければならない。

ゆえに、優れた鍛冶の腕を持つドワーフですら魔宝石を加工することはできないという。

そもそも、魔宝石を作るには眷属の力が必要だから、彼らの助けを借りられる私にしかできない。

だからこれは、私が持つオンリーワンの能力でもある。

神様からもらったチートの一つだよなぁと思いつつ、ペンダントの土台となる金具を作るために、ルビーくんが操る炎の中に必要な材料を入れて様子を窺う。

キラリと炉が輝いた。今だっ！

明るい赤色に染まった金属を取り出し、ハンマーで打ちつける。

このハンマーを使うことで、金属は私が作りたいと思った形へと変化していく。

音が高く変わったら再び金属を炉に入れて、セラフィの力を持った魔宝石をそこに加える。

その瞬間、金属と魔宝石を馴染ませるように、ルビーくんの炎が包み込む。

——今やで。

「うんっ！」

ルビーくんの声とともに、それらを水へと入れる。水が蒸発する音とともに光が溢れ、その光がおさまると、美しいアメシストが煌めくペンダントが現れた。

私はそれをそっと手にとる。

もので機嫌をとろうとしていると思われるかもしれない。

けれど、これは彼が無茶をして怪我をしないようにと、彼を思う私の気持ちだ。

いつ来るのかもわからない彼のことを、待ってはいられない。

あなたが教えてくれようとしたことの意味がわかったと。

私は、私のままでいいのだと教えてくれた皆とともに、このペンダントを持って会いに行こう。

第四章　神獣の聖域

リクロスに会いたい。彼を捜したい。

皆にそう告げると、オニキスが人の気配を探知する能力を持っていると教えてくれた。

近場であれば、陰に潜む魔物や人の気配を探ることができるそうだ。

魔族であるリクロスは人々に恐れられているから、村など人が集まるところより、森に潜んでいる可能性のほうが高いだろう。

そうあたりをつけて、私はオニキスとフローとともに近くの森を捜すことにした。

リクロスに近づけば、オニキスが探知して教えてくれるはず。

けれど、二、三日ずっと捜し続けても、彼は見つからない。

だんだん嫌な想像が膨らんでしまい、足取りが重くなる。

「もう、会えないのかな?」

——そんなことない。そんなことない。

——ご主人様。タイミングだよ、きっと!

「うん……」

落ち込む私を、オニキスとフローが慰めてくれる。

気持ちは晴れなかったけど、立ち止まっていてもリクロスに会えるわけじゃない。

林や森には、岩や木の陰に魔物が潜んでいることがある。

だから本来なら、あまり入るのはよくないと前にリクロスから教わった。

なのにこんなところで会ったら、また怒られるかもしれないなぁ。

それでも、待ってなんていられなかった。

待っていたら、今度は本当に会えない気がして……

私は諦めず、次の日もオニキスとフローを連れて森へ出かけた。

森へ入ってしばらくした時、がさっと草が動く。私は警戒して足を止めた。

でも、オニキスとフローに変わった様子はない。

「魔物じゃないの？」

――違う。魔物じゃない。僕らと同じ。神獣様に仕えるもの。

がさがさと音が大きくなる。姿を現したのは、大きな双頭の蛇だった。

――神獣様のお使いで来てくれた。神獣様がご主人様に会いたがってるって。

フローの言葉に、頷くように頭を下げる双頭の蛇。

「え……そう、なの？」

私は恐る恐る頭を下げると、双頭の蛇はゆっくりと来た道を引き返した。

――ついてこいって。

「わ、わかった……」

フローが言うように双頭の蛇についていくと、徐々に辺りに霧が立ち込め始めた。

時々、シューシューという蛇特有の音が聞こえる。

双頭の蛇に続いて森の奥へと進むにつれ、大小様々で色彩豊かな蛇たちの姿を、あちらこちらで見かけるようになった。

彼らはこちらの様子を窺っているようだけど、不思議と恐怖心は湧かない。

そんな蛇の森を抜け、双頭の蛇が止まった場所は、とても美しい湖のほとりだった。

水面が鏡のように周囲の色を反射し、森と湖の境がわからない。

幻想的なその光景に、思わずため息がこぼれる。

「なんて……綺麗……」

――よく来た、加護を受けし者。

「その、声は……」

フローが私のもとに現れた時に聞いた、澄んだ水のような不思議な声。

湖の水面が揺れた瞬間、巨大な蛇の頭が現れた。

キラキラと光を反射して輝く銀色の鱗。澄んだ深いサファイアのような目。

水の神獣様だ。

その姿は幻想的な湖に相応しく、神秘に満ち溢れている。私は反射的に頭を下げた。

——顔をお上げ。ここは私の住まう、聖域。其方が側まで来ていることを知り、その者を送った。

双頭の蛇を見ながら、神獣様は穏やかに声をかけてくれる。

——我が眷属……そう、フローライトという名をもらったのか。いい名だ。

「普段は、フローと呼ばせてもらっています」

——そう、フロー。……おいで。

フローが側に寄ると、神獣様はシューシューと音を奏でる。

その音に応えるように、フローも、周辺にいた蛇たちも音を奏で、音が一帯に木霊した。

神獣様のいる水面が、音に反応して揺れる。

あちこちから音が聞こえてきて、私は自分の周りが回っているような錯覚に陥った。

そんな感覚にクラクラして立っていられなくなり、私は倒れ込んだ。

ピチョン――

頬に何かが落ちた感触がする。

目を開けて確認したいのに、体が動かない。

――起きたか。加護を受けし者よ。

声を出そうとするのに、声が出ない。

――すまない。其方らの種族は、あの音に耐えられないことを失念していた。フローと闇の仔に、癒しの仔を連れてくるよう頼んだ。もうすぐ来るだろう。

セラフィを……？　そんなに私の状態は悪いの？　神獣様の言葉に不安になる。

――あれは我と我が眷属の同調音。それにより我がすべての眷属が同じ情報を有する。其方は我らと異なる生態のため、脳にダメージを負った。だが、癒しの仔であれば容易に治せるだろう。安心せよ。

そう言い残して、神獣様が去っていくのを感じた。

……それから、どれくらい時間が経ったのかもわからない。

誰もいない場所に一人。

思えば、この世界に来て一人だったことなんて、最初の一ヶ月だけだ。

それからはずっと、皆や村の人、そしてリクロスがいつだって側にいてくれたから。

リクロス……会いたいなぁ。

会って、仲直りしたいなぁ。

ほんの少しなのに、辛いなぁ。

体が動かないからか、意識がゆらゆら揺れる。

「——あ。メリアっ！」

すると、今一番聞きたかった人の声がした。

「リ、クロス……？」

今まで動かなかった唇が動く。

その時、自分の体がポカポカとあたたかな空気に包み込まれていることに気がついた。

ぱちりと目を開く。心配そうに眉をひそめ、何度も私の名前を呼ぶリクロスがいた。

「リク、ロス？　ほんっとに、リクロス、なの？」

うまく舌が回らない。

思い通りに動かない手を伸ばすと、リクロスは私の手をギュッと握りしめてくれる。

「ごめん、メリア。ごめん……」

「な、んで……あやまる、の？」

「君の考えを無視して、あんなことを言った。少し考えれば、どうして急いで帰ってきたのか、わかるはずなのに」

　そう言って、リクロスは私を見つめた。

「私こそ、ごめんなさい。心配してくれてありがとう。ずっと、会いたかったの。呆れられて、もう二度と会えないんじゃないかって、不安だった」

「僕も、感情に任せすぎたと、反省していた」

　周囲を見回せば、セラフィが私に力を使ってくれていた。

　オニキスとフローは、それを見守ってくれている。

「セラフィ、ありがとう……」

――音の影響で、脳が麻痺しておったのじゃ。もう大丈夫。

「そうだったの。ここは……」

　私の問いに、リクロスが答える。

「神獣様の聖域だよ」

「え……」

　神獣様の聖域に、なんでリクロスがいるの？　私の戸惑いに気づいたのか、皆が教えてくれる。

　――連れてきた！　連れてきた!!

――フローがのう、神獣様との同調で、居場所がわかったと言うのでな。

――神獣様が連れてこいって。怖い思いさせた、お詫びって言ってたよ。

オニキス、セラフィ、フローが順に説明してくれて、状況はわかった。

リクロスが、苦笑しながら言う。

「森で突然大きな鳥に襲われて、よく見ると眷属様だったから大人しくついてきたんだ。そしたら君が倒れていたので酷く驚いたよ」

うちの子たちがごめんね、リクロス。

申し訳なく思いながら、リクロスを見上げる。彼は、私を優しく見つめ返した。

「無理に連れてこられたことよりも、君がいなくなってしまうんじゃないかってことのほうが怖かった」

「リクロス……。でも、どうしてここが神獣様の聖域だとわかったの？」

「それは……」

「我が話した」

凛と澄んだ水のような声が、周囲に溶け込むように響く。

見るとそこには、煌めく銀色の髪の人が立っていた。

その人は水のように波紋を描く不思議な服装で、宝石をはめ込んだような、爬虫類特有の綺麗な鋭い瞳をしている。……同じ色彩を、先ほど見たような気がする。

「人の形への変化は久方振りゆえ、おかしくないか？　加護を受けし者よ」

「……え、ええ」

やっぱり、神獣様なの？　人の姿になれるんだ。

「昨今は現世への干渉を眷属に任せておったが、人が自然と寄り添いし折は、自ら出向いておった。だが、いつの頃からか我らを操ろうとする者が現れ、我らはこの世界の秩序のみに干渉することを決めた。……この姿はその名残よ」

少し寂しげに、神獣様はそう言った。私はそれを見てちょっぴり悲しくなりながら、神獣様に問う。

「私をここに呼んだのは……」

「加護を受けし者と、一度会うてみたくてな」

「そうだったのですか」

だから、本来なら立ち入れるはずがない聖域に来ることができたのか。

「そこの、リクロス……だったか？」

神獣様がリクロスのほうを向いて言う。

「はい」

「すまなんだ。その者が捜していると言うておったゆえ、ここまで連れてきてしもうた」

「いえ、僕、いや、私にとってもありがたいことでしたので」

リクロスが珍しく、戸惑いながら言う。そんな彼を見て、神獣様は目を細めた。

「そう言うてくれるか。ふむ……ならばこれをやろう」

「これは……？」

「迷惑をかけた詫びよ。持っていくがいい」

神獣様がリクロスに差し出したのは、キラキラと煌めくガラスの小瓶。

それを見た瞬間、私の脳内辞書が勝手に働く。

《エリクシール（劣）—いかなる毒や怪我もたちどころに癒す薬》って……そんな薬まであるの？　本当にこの世界ってファンタジー。

「リクロス、それ、エリクシールってお薬みたい」

「っ‼　そんな貴重なもの、もらえません」

リクロスは、その薬のことを知っていたらしい。彼は返そうとするけど、神獣様は受け取ろうとしなかった。

「持ってゆけ。ああ、それと、加護を受けし者、これをやろう」

神獣様は私に、キラキラと煌めくガラスのような銀色の鱗をくれた。

《水の神獣の鱗―神獣に認められた証。絆を持たない水の神獣の眷属との会話が可能になる》

認められた……？　そんな要素、いったいどこにあったんだろう？

私、ここに来てから、倒れてじっと動けなかっただけなんだけど……？

混乱する私を無視して、神獣様は湖へ帰ろうと足を進める。

「さて……いつまでもここに留めては、其方らも困るであろう……行くといい」

「神獣様、ありがとうございますっ！」

私が慌てて叫ぶと、神獣様はほんの少し振り向き、微笑んでくれたように思えた。

神獣様がいなくなり、辺りがシンと静まり返る。他の眷属たちも既にいないようだった。

リクロスが「どうしよう」と、困ったようにエリクシールの小瓶を揺らす。

私はふと、自身のアイテムボックスの中のペンダントの存在を思い出した。

「ねぇ、リクロス」

「何？　メリア」

「これ、受け取ってくれる？」

そっと、アメシストのペンダントを差し出す。

《癒しのアメシスト―癒しの眷属の力を帯びたアメシスト。身につけた者が傷ついたり

毒を受けた場合、持ち主の魔力を使い傷を癒し続ける》

「メリア……。これは……」

　私がペンダントの説明をすると、彼は咎めるように私の名を呼んだ。

　けれど私は、リクロスの言葉を遮って想いをぶつける。

「ちゃんと、わかってる。このペンダントの価値も！　リクロスがこんな風に私からものをもらうために守ってくれているんじゃないってことも!!　でも、人を守る術を持たない私は、こんな形でしか、あなたに恩を返せない。いつだって助けてくれるリクロスの力に、私もなりたいの!!　だからっ……だから……」

　感情のままに勢いよく飛び出した言葉は支離滅裂で、最後は嗚咽交じりになり、言葉にすらならなかった。

　リクロスは私とペンダントを交互に見る。

　そして私の頬にこぼれ落ちた涙を拭い、「ありがとう」と受け取ってくれた。

　それから私はリクロスと一緒にオニキスに乗って、神獣様の聖域から家まで帰ってきた。

　リクロスは私の家に着くと、そのまま去ろうとする。

「それじゃ……」

「待って、リクロス！　もう遅いし、迷惑かけたから、泊まっていって？」

私は彼のマントを引っ張る。仲直りした直後だからか、つい引き止めてしまった。

「いいの？」

「前だって泊まったじゃない」

「そうだね。じゃあ、泊まろうかな」

そう。リクロスがここに泊まるのは初めてのことではない。

彼は狩った鹿をお裾分けしてくれたり、リュミーさんの追跡を逃れるためだったりで、しばしばここを訪れては、ダミーの部屋に泊まっているのだ。

——おかえりなさい〜。

——会えたんか。よかったなぁ！

「ただいま、ラリマー。心配かけたね、ルビーくん。もう、大丈夫」

迎えてくれた子たちにそれぞれ返事をして、家へと入る。

今日は、リクロスとも仲直りできたし、皆にも心配かけちゃったから、ご馳走を作って振る舞おう!!

いつもの客間にリクロスを案内して、私は早速料理に取りかかる。

フライパンで肉を焼くのを見ながら、ふと『猫の目亭』のイベントの件を思い出した。イベントの詳細を詰めるためにまた来てほしいってヴォーグさんに頼まれていたのに、リクロスのことで頭がいっぱいになってしまって、結局あれから顔を出せていない。

「明日……行って謝らなくちゃ」

無意識に声に出していたらしい。リクロスが不思議そうな顔で私に尋ねる。

「どうしたの？」

「実はね、村に『猫の目亭』っていう宿屋兼食事処があって……」

私はリクロスにイベントの話をした。

「へぇ……そんなことをやるのか」

話を聞いたリクロスは、イベントに興味があるようだった。食事を取りながら、イベントについて根掘り葉掘り聞いてきて、そして最後にため息をつくと「見たかったな」と呟く。

「見に来たらいいじゃない」

「……無理だよ」

「どうして？　マルクさんやジャンさんとは話せるようになったし、他の村の人もきっと話せば仲良くなれるんじゃないかな」

中には、リクロスが私の家に出入りしていることを知っていて黙認してくれている村の人もいるみたいだし……けれど、リクロスは首を横に振った。

「彼らにとって、僕ら魔族は魔物よりも恐ろしい生き物なんだ。それに、イベントの時は村の外からも人が集まるんだろう？　僕の正体がバレれば、イベントどころじゃなくなってしまうよ。人の楽しみを奪うことは、僕の美学にも反するしね」

リクロスは悲しげに言う。

そこで、ふと思いついた。

「バレなければいいんだよね？」

「メリア？」

小さく呟いた言葉は、リクロスには聞こえなかったらしい。

なら、びっくりさせてやろう。

「なんでもない。ご馳走様」

私は誤魔化すように、食べ終わった食器を片づけ始めた。

翌日。

朝食を食べるリクロスに、ジャーンとあるものを見せた。

《幻惑のピアス―身につけた人物を任意の姿に見せることができる》

効果を説明すると、リクロスはまた私を咎めるような顔をする。

「メリア」

「でも、これならリクロスもイベントを見に来られるでしょう？　だって、参加したがってたじゃない」

リクロスの前でいい人ぶるのも遠慮するのも、もうやめにしようと、アメシストのペンダントを渡した時に決めていた。

彼は、私にとって大事な人だって気がついたから。

大事な人のためになるなら、少しお節介なことだってしようと思った。

それに、これは昨日の話を聞いて作ったわけではないのだ。

きっかけは――そう、たまたまだった。

家の鉱石ダンジョンでダイヤモンドの原石を採ろうとしたら、このピアスの材料であるスファレライトの原石が採れたのだ。

見たこともない原石だったので脳内辞書で調べたら、光の屈折率が高い石で、これを使うと透明になったり、蜃気楼を見せたりするスキルをつけることができることがわかった。

それで、私の鍛冶魂に火がついてしまったのだ。

どうやらこの原石は滅多に採れないもののようで、最初に見つけてからしばらく経ったけれど、未だに三、四個しか持っていない。

まあ、それは秘密だ。貴重なものであるのは、私もわかっているから。

「はぁ……。でも、ありがとう。メリア」

引かない私にため息をつきつつ、リクロスはピアスを受け取ってくれた。

そして早速、試しにつけてくれる。すると、リクロスの肌が白くなり、角がなくなった。

「すごい！　これならバレないよ‼」

「本当に？　僕から見れば普段通りなんだけど……」

自身の掌を見ながら戸惑うリクロスの頭に、私はそっと手を伸ばす。

「な、何？」

「あ、やっぱりあるんだね」

「角？」

「うん。私には見えないんだけど、やっぱり触るとわかるんだなぁって」

「……あくまで、ないように見せるだけだということか」

私の言葉を聞いて、「触れられないよう気をつけるよ」とリクロスは笑った。

ピアスの性能を一緒に確認したあと、やることがあるからと言って、リクロスは出ていった。

明後日、また来ると約束して。

その時には『猫の日亭』のイベントの日も決まっているはずだから、伝えられるだろう。

「よし、オニキス。私たちも出発するよー!!」

――はーい！

オニキスが、私とルビーくんとフローを乗せて青空へと飛び立つ。

太陽の日差しが眩しい。思わず目を細めながら、私は『猫の日亭』へと向かうのだった。

第五章　イベント開催！

私が『猫の日亭』の中へと入ると、ミィナちゃんが頬を膨らませて、「やっと来てくれたー！」とプリプリしながら迎えてくれた。

そのまま、手を引かれてヴォーグさんのところまで案内される。

その流れに、あれ？　なんか前にもこんなことがあったような？　という気分になったが、気のせいだろうと自分で自分を納得させた。

今日は宿に泊まるお客さんがいないらしく、朝食の時間は空いており、ヴォーグさんも時間があったようだ。

「遅くなってすみません」

ヴォーグさんを前にして、ペコリと頭を下げる。

「いや、それよりも……」

ヴォーグさんは、あのあと家族で話し合った内容を教えてくれた。

私はふむふむと頷きながら、時々質問や改案を伝えつつ、イベントの詳細を練っていく。

大体の段取りを詰め、さらに参加してくれたお客さんに、記念品としてイベントで使ったお皿を持って帰ってもらうことにした。どうせならちょっと珍しいお皿がいいのではないかと、私がアルミ製のものを作ることを提案したのだ。

「――じゃあ、お皿はこの形で作ってみますね」

私が絵を見せながら言うと、ヴォーグさんは頷いてくれる。

それから話し合いの末、開催日は人が集まる市場の日がいいだろうということになった。

けれど今週の市場の日には間に合わないだろうから、来週開催することに決定した。

再来週だと私が市場に出店しないといけないので、参加できないという理由もある。

そのあと、ヴォーグさんはお店があるので、今決まった話をマルクさんに伝えておいてほしいと頼まれた。そこで私は、早速マルクさんの屋敷に向かい、ドアノッカーを鳴らす。

「すみません、マルクさんいらっしゃいますか？」

「メリアくん！　何かあったのかい？」

少し焦った様子で出てきてくれたマルクさんに、こちらがびっくりしてしまう。

「何か、あったわけではないのか？」

私が首を縦に振るとマルクさんは落ち着きを取り戻し、屋敷に入れてくれた。

「それで、どうしたんだい？」

「実は、来週の市場の日に、ヴォーグさんの食事処でデカ盛りのイベントを行いたいんです」

「ヴォーグくんのところで？　その、デカ盛りとはなんだい？」

はてなマークを浮かべているマルクさんに経緯を説明すると、彼は興味深そうな顔をして頷いた。

「そういうことなら構わない。娯楽の少ない村だから、皆喜ぶだろうね。私も見学に行かせてもらおう」

「あ、あと、イベント告知用のポスターも飾っていいですか？」

「ああ、許可しよう」

ふと思いついて尋ねると、すぐに了承を得られた。

すぐに、ヴォーグさんに報告しよう！　と立ち上がる。

その時、ちょうどお茶を持って部屋に入ってきたエレナさんに、一杯だけでもと引き止められた。

けれど私は、早く告知ポスターを作りたくて、「申し訳ないけど……」と断った。

先ほどのマルクさんと同じく「何をするの？」と疑問を口にするエレナさんに、イベントの話をすると「それは楽しみね」と微笑んでくれる。

「また遊びに来てちょうだい。今度は一緒にお茶会しましょう」

「は、はい」

見送ってくれるエレナさんに手を振って、私は『猫の目亭』へと戻った。

ヴォーグさんに報告すると、彼はミィナちゃんに大きめの紙を持ってくるように言う。

昼食までまだ少し時間があったこともあり、ミィナちゃんも一緒にポスターを作ることに。

「えーと、開催日と時間、参加人数と、見物の方はドリンクをワンオーダーっと」

私は告知に必要な情報をどんどんポスターに書き込んでいく。

「ねーお姉ちゃん、この間のスペースはどーするのー？」

「ああ、ここはねー……」

空いたスペースにヴォーグさんとマーベラさん、ミィナちゃんのイラストを描いて、吹き出しに「来てね！」と大きく書いた。

「わー可愛い!!」

「でしょ？」

褒められて、えへへと胸を張る。

気になったのか、ヴォーグさんとマーベラさんも来て、ポスターの絵を見てすごいすごいと褒めてくれた。

神様がくれた鍛冶スキル以外でこんなに人の役に立てたの、こっちに来てから初めてだなぁ。

なんだか照れてしまう。顔を熱くしながら、同じ内容のポスターを何枚か描いた。

「よーし、完成!!」

完成したポスターを、まずは宿と食事処に一枚ずつ貼る。

デフォルメされた『猫の目亭』のイラストを見ながら、モデルの三人がニコニコと笑っている。

それを眺めていると、なんだかこっちまで嬉しいような、恥ずかしいような気分になってしまった。私は「他のところにも貼ってくるねっ！」と、眷属たちを連れて店を飛び出した。

えーと、まずは検問のところ。あそこなら人の行き来があるよね。

そう考えて向かった検問所には、ジィーオさんが立っていた。

「こんにちは！　ジィーオさん」

「おう、どうしたんだ？　もう帰るのか？」

「実は『猫の目亭』でね……」

イベントのことと、ポスターを貼らせてほしいことを伝えると、ジィーオさんは「変なことを……」と苦笑しながらも了承してくれた。

「同僚にも宣伝しておいてやるよ」

そう言ってくれるジィーオさんにお願いして、次は冒険者ギルドへと向かう。

――……あいつ、おるんちゃうか？

――やだ！　やだ!!

――僕もね、苦手、かなぁ……

護衛としてついてきていたルビーくんがポケットの中で呟くと、腕の中のオニキスも、手首に巻きついているフローも嫌そうに声をあげた。

どうやら、ギルド長のフェイさんのことを言っているようだ。

前の市場の際に、フェイさんは彼らのことを敬いすぎて、逆に嫌われてしまったらしい。

オニキスはその場にいなかったはずなのに、こんなに嫌がるなんて……

そう疑問に思っていたけれど、その理由はすぐにわかった。

「こんにちは、ジャンさん」

ギルドに入り、カウンターにいるジャンさんに声をかける。

「ふぁあー。おはよぉー」

「眠たそうですね」

「うん、まあねー。で、なんの用ー?」

ジャンさんは「食事処は真向かいだよー?」と言いながら、手で顔を洗うような仕草をしてこちらを見る。私が食事処とイベントを企画している話は、もう耳にしているらしい。

本物の猫のように尻尾をゆらりと揺らしているところを見るに、どうやら興味がないわけではないようだ。

「ふふふ。実はですね、ジャーン！　イベントの告知ポスター!!　作ってきました！　ギルドにも貼らせてください！」

「んー……僕としては置いてあげたいけどー、こういうのはー、ギルドの責任者に言わないとダメだよねー」

「やっぱり、ですか？」

「やっぱり、ですよー」

ジャンさんは肩を竦めて言う。私は「うーん」と唸った。

「うちの子たち、フェイさんに会うのを滅茶苦茶嫌がってるんですよねー」

「あー……大変だねー」

「わかってくれます？」

それならなんとか貼らせてくれるのでは？　と期待したけれど、やっぱりジャンさんは首を横に振った。

「うんー、でもー、決まりは決まりだからねー。今の時間なら部屋で仕事してるよー。いってらっしゃーい」

「……はぁ、仕方ないか」

階段を上がり、少しゴツい扉をノックして中の返事を待つ。……が、返事がない。

もう一度ノック。待つ。ノック。待つ。ノック。待つ。ノッ……

ガチャッ。

「だー！　ウルセェ!!」

私が堪えきれず扉を開けると、中にいたフェイさんが大声で叫んだ。

「あ、いた」

「あー？　メリアじゃねぇか。ん？　その腕にいらっしゃるのは、闇の眷属様！　今日は『猫の目亭』ではないのですねっ!!」

フンスッ、と鼻息荒く、オニキスに話しかけるフェイさん。

腕の中で、オニキスが嫌々と首を横に振って私を見る。

その様子から、私はオニキスが『猫の目亭』に預けられている時に絡まれていたことを察した。

「フェイさん、落ち着いてください。怖がってます」

「はー？　この世界を守りし方々を敬愛して、何がわりぃんだよ」

「……敬愛の仕方が異常だからじゃないですか？」

「なっ!!」

眷属に対するフェイさんの言動は、まだ彼と接していない他の眷属たちが、話を聞いただけでドン引きするくらいなので、少し辛辣に伝えてしまった。

異常と言われたせいか、ズーンと沈むフェイさん。

そんな彼を無視して、真面目にポスターを貼らせてもらえるよう頼む。

「ふむ。なかなか面白そうな企画だな」

私の説明を聞いて、興味を持ったらしいフェイさん。私はぐっと身を乗り出した。

「参加します？」

「まさか。さすがにそんなに大量にゃー食えんよ」

「ふふ、そっか」

「まぁ、貼るのは許可しよう」

「さすが、ありがとう!!」

勢いよく頭を下げると、フェイさんはニヤリと笑う。

「その代わり、眷属様に触らせてくれ」

「ダメです！」

さっきまで沈んでいたのに、すぐに立ち直るフェイさんはある意味すごい。

許可は下りたので、フェイさんがオニキスに触らないうちに急いで部屋を出た。

再びカウンターに戻り、ジャンさんに声をかけてポスターを貼らせてもらう。

「イベントがあるのは知っていたけど、デカ盛りかぁ。面白そうだね」

ポスターを見ながら言うジャンさん。

「でしょ？　参加してみます？」

「うん。参加者がいなかったら参加しようかな？」

そんな話をしていると、受付嬢のカサリさんが近づいてきて、ポスターを見ながら言った。

「ジャンさん、痩せの大食いですものねぇ……羨ましい」

「そうはいってもね、お腹すくんだよ」

「本当に羨ましいわ」

そうなのか。カサリさんの言葉に、思わずジャンさんのお腹を見てしまった。

いくら食べても太らないのは本当に羨ましいな。

その時、ギルドにスッと女性が入ってきた。

あれ？　この人は……

「あら？　ふふ……また会ったわね、可愛いお客様」

「え？　あ、お姉さん」

やっぱり、この前の市場で素敵な服や布を売っていたお姉さんだ。

「こうして何度も会うということは、縁があるのかしら？　私はマリアンといいますの」

「私は、メリアです。よろしくお願いします」

「うふふ、よしなに」

彼女がポスターを見て興味深そうに「楽しそうなイベントねぇ」と呟いていたのを聞き逃さず、私は声をかける。

「見物も可能ですよ」

「なら、見に行くわね」

マリアンさんはこの周辺の商人なのだろうか？

でも、市場に持ってきていた服は都市で人気があるって言っていたような？

そんな疑問が顔に出ていたようで、マリアンさんは滞在の理由を教えてくれる。

「買いつけでしばらくここにいる予定ですの」

「買いつけ！　そうか、そういう仕事もあるんですね」

私が合点がいったと声をあげると、マリアンさんはにっこり微笑む。

「ええ。他の村の宿にも泊まりましたが、ここの宿が一番よかったので、しばらくはこの村でお世話になるつもりですわ」

「そうなんですね！」

「うふふ、しばらくの間、仲良くしてくださいね」

マリアンさんはそう言って去っていった。

あれ？　ギルドへはなんの用だったんだろう？

疑問に思ったものの、私はすぐにイベントのことで頭がいっぱいになり、マリアンさんのことは忘れてしまった。

そのあと『猫の目亭』に戻った私は、ミィナちゃんと歌の練習をして、家に帰った。

早速、お皿の製作に取りかかろうと思う。

……んだけど、その材料であるアルミを前に、私は悩んでいた。

——どうしたん？　作らへんの？

「うーん、ルビーくん。ちょっとどうしようかなって」

——何が？

「アルミって加工しやすいし軽いんだけど、実は、強度はそんなにないのよね」

——せやなぁ。

「今回のお皿は記念品として持って帰ってもらう予定でしょ？　多分、そのまま各家庭で使うことになるよね。そうなると、すぐに壊れてしまうのはどうなのかなって思って」

この世界で一般的に売られているお皿のほとんどは木製だ。

私の家にあるお皿もほぼ木製で、陶器は少しだけ。

マルクさんの屋敷では陶器の食器が使われていたけれど、恐らく高価なものなんだろうなぁ。

となると、金属製のお皿は珍しいはずだ。珍しい品はやっぱり使いたくなると思うので、強度のないアルミ皿を納品するのはどうかと考えてしまったのだ。

「ステンレスのほうが、いいんじゃないかな……」

最初にアルミで、と提案したのは私だしなぁ。

でも、今後も使うなら少し重みはあっても、丈夫で錆びにくいステンレスのほうが……。

うーん。

――ややこしいわ！　いっそ両方作って渡したらええんちゃう？

「それだ!!」

そうだよ！　アルミとステンレスの両方で作って、同じ数準備しておけばいいんだ！

ヴォーグさんには見本として一枚ずつ見せて相談しよう。うん。

ルビーくんの提案で、同じ細工の施されたアルミ皿とステンレス皿を作り、アイテムボックスにしまう。

次の日、早速準備した二種類のお皿を見せると、ヴォーグさんは驚きながらもステンレス皿のほうを採用した。

やっぱり、長く使えるほうがいいと判断したみたい。

実際持ってみたら、そこまで重たくもなかったしね。

それから私は、『猫の日亭』のお客が少ない時間に、またミィナちゃんと歌の練習をして帰ることにした。

夕方になると、約束通りリクロスがリュミーさんと一緒に訪ねてきた。

「こんばんは、リクロス、リュミーさん」

「やあ、メリア。約束通りイベントのことを聞きに来たよ」

「こんばんは、メリアさん」

リクロスに続き、にっこり笑って挨拶するリュミーさん。

「ついていくと聞かなくてね」

リクロスはリュミーさんを見ながら、やれやれといった感じで言う。

「なんでも、イベントをなさるとか？」

リュミーさんは興味津々で聞いてくるので、私は口を開く。

「んー、私が主催するわけではないんだけど、村の『猫の日亭』っていうお店でね」

リクロスにした説明と同じことを伝えて、来週の市場の日に開催が決まったんだと言うと、二人は顔を見合わせて頷いた。

「メリア。このピアスなんだけど……よければリュミーの分も頼めないかな？」

リクロスが自身の耳につけた幻惑のピアスを指さして、申し訳なさそうに言う。

「リュミーさんにも？」

「ええ、私も是非イベントを見に行きたいと思うのですが……私も、リクロス様同様に褐色の肌で角があり、すぐに魔族だと気づかれてしまうので」

「うーん……そうだね。ちょっと待ってて」

そう伝えて倉庫へ向かう。その中に置いてあったブレスレットの一つを手にとった。

ピアスに使ったスファレライトは希少で、在庫が少ない。

またダンジョンにこもって採ればいいだけの話なんだけど、それよりもいいものがあったことを思い出したのだ。

それは以前作ったアクセサリーで、リクロスに渡したピアスと似たスキルがついたもの。

それを持っていくと、二人は首を傾げた。

「これは……リクロス様のとはまた違いますね」

「メリア？」

不思議そうなリュミーさんとリクロスに対し、私は胸を張って言う。

「これは、《錯覚のブレスレット》っていうアクセサリーなの」

「錯覚？」

「うん。身につけた者の姿を、周囲の者が正常に認識できなくなるっていう代物でね。イベントを見に来るなら、こっちでもいけるんじゃないかなって」

このブレスレットに使われているダイアスポアという透明度のある石は、太陽光の下ではグリーン、蝋燭の光だとピンクといったように、自身の色を変える性質を持っている。

スファレライトは光を石の内部に取り入れて自ら輝き、その姿を惑わすが、このダイアスポアは自身の色を変えることで姿を錯覚させる。

ちなみに、この石も結構貴重でなかなか採れない。ついムキになってダンジョンにこもってしまい、追いかけてきたアンバーに怒られたのは、いい思い出だ。

初めて手に入れた石は、やっぱり一度は何かに加工したくなっちゃって、出来上がったのが今回持ってきたブレスレット。

リクロスに渡したのもそうだけど、今回のも犯罪に使われてしまいそうで倉庫に封印しておこうと思っていた。だけど、有効活用できそうだ。

ブレスレットを受け取り、恐る恐る身につけたリュミーさん。

するとブレスレットの機能が正常に働いたようだ。そこに誰かがいるのはわかるのに、リュミーさんだと認識しようとすると、途端に誰だかわからなくなってしまう。

それはリクロスも同じようで、「リュミー？」と目をぱちくりさせていた。

私たちの反応を見たリュミーさんは、感嘆の声を漏らす。

「これは、すごいですね」

「使えそう？」

リクロスに聞くと、彼は満足そうに頷いた。

「ああ。こちらのピアス同様、礼を言うよ、メリア」

「いいよ！　イベント楽しんでね。あと、今日はもう遅いし、泊まっていくといいよ」

「ありがとうございます」

ブレスレットに触れながら放心しているリュミーさんを家の中に招き入れ、リクロスと皆で夕食を食べた。そして、その日はぐっすり眠った。

翌日、今度ピアスとブレスレットのお礼をすると言って、二人は帰っていった。

「よーし、頑張るぞ！」

いろんな人が楽しみにしてくれている。そう思って、私は歌の練習も頑張るのだった。

そして、迎えたイベント当日‼

今日は朝から大忙しだ。いつもの客席をアレンジしてイベント参加者用の挑戦スペースを確保し、不正がないようにしておく。

店を開くと、ポスターを貼って宣伝していたからか、早々にいろんな人が『猫の日亭』のイベントを見ようと集まってきた。

挑戦できるのは、先着五名。

観客はワンドリンク制なので、皆ドリンク片手にワイワイ騒ぎつつ、軽食も頼んで挑戦者を待っている。

「挑戦するよー」

一人目の挑戦者はジャンさんだった。

「ジャンさん、一番乗りだね。それじゃあ、料理が来て、私が歌い始めたら食べ始めて。私、ミィナちゃん、私、ミィナちゃんの順で四曲。私たちが歌い終わるまでに全部食べきれたら、料理はタダです。でも、歌い終わった時点でまだ料理が残っていたらアウト！

代金の支払いが発生します」

観客にも聞こえるように、私は改めてルールを説明していく。

「アウトになっても、まだ食べられるようなら食べてくれて大丈夫だよ。それに、挑戦者用のお皿は料金に含まれているので、そのままお持ち帰りしてもらってもいいです」

「了解ー！　いやぁー、久々にお腹いっぱい食べられると思うと嬉しいなぁー」

ジャンさんは、目をキラキラと輝かせた。

「持ってきたぞ」

説明が終わる頃、ヴォーグさんがタイミングよく料理を持ってきた。

挑戦者が食べる料理の量は多いので、料理人自ら運んできてくれたようだ。

まだ湯気が立っているスパゲティは、鮮やかなトマトソースの赤に、緑のピーマンとミートボールが飾られており、とてもおいしそうだ。とんでもない量だけれど……

「それじゃあ、スタートするよ！　～～～♪」

歌うのは、元いた世界で覚えた、明るく元気になれるリズミカルな曲だ。

人気があった曲で、何度も何度もテレビやラジオで聞いて覚えてしまった。

あの頃はこんな風に楽しく歌うなんて、考えたこともなかったなぁ。

見物に来ているお客さんは一風変わった歌を聴きながら、ジャンさんの挑戦を見守っている。

ジャンさんは猫舌なのか、何度も何度も息を吹きかけ、冷ましながら食べていた。

一曲目が終わっても、まだ料理はほとんど減っていない。

次にミィナちゃんが歌い始めた。

ミィナちゃんの歌は、この村の母から子へと伝わる伝統の歌だそう。

聞き慣れたその歌を村人は一緒に口ずさみ、楽しげだ。

少し料理が冷めたのか、ジャンさんはようやく半分食べきることができた。

再び私が歌う。次は聞く人を応援するような歌詞で、力強く叫ぶところもあって結構きつい。

でも、練習の甲斐あってか、皆惚けたように聞いてくれる。

ってかジャンさん、聞き惚れてたらダメだよ？　フォークが止まってる‼

そんな私の視線に気づいたのか、ジャンさんはハッとして再び食べ始めた。

でも、既に時は遅く、私が歌い終わった時には、三分の一くらい残っていた。

ミィナちゃんが最後の歌を歌う。

けれども間に合わず、チャレンジが終了してしまった。

「いやー残念ー。でもー、これまだ食べてていいんだよねー？」

「もちろん‼」

「うんー、おいしいー！　これだけ食べても飽きないしー、食べる価値あったよー」

チャレンジ自体は失敗したものの、すべて食べきったジャンさんは、お金を支払って、割引券をもらって帰っていった。

それを見て、観客も楽しげに笑っている。そして、軽食メニューに載せているデカ盛りスパゲティの一人前バージョンが、飛ぶように売れていく。

二番目に挑戦したのは冒険者だったけれど、量に耐えきれず辞退し、残りは仲間と食べるといって持って帰っていった。

三番目も冒険者。体格がいい人でよく食べそうだと警戒したけれど、あと一歩のところで時間切れに。

四番目は少し気の弱そうな商人っぽい人だった。ほっそりとした見た目からは想像できないほどよく食べていたけど、途中でギブアップしてしまった。

五番目、最後のチャレンジャーも冒険者だった。勢いよくスパゲティを半分まで平らげたけれど、その人もそこからフォークの進みが止まってしまった。

チャレンジャーたちは惜しいところまではいったけど、誰も食べきることはできず、悔しそうな、でもやりきった表情をしていた。

見物に来た人もチャレンジャーも皆満足した様子だ。「さっきはすごかった」とか、「もう少しだったなぁ」といった感想を述べながら、興奮冷めやらないといった感じで帰っていく。

そうして今回のイベントは無事に終了し、私は胸を撫で下ろした。

「お姉ちゃん、ありがとう!!」

ミィナちゃんが満面の笑みを浮かべている。私もにっこりと見つめ返した。

「こちらこそ、楽しかった！」

「飲め」

レモネードを差し出してくれるヴォーグさん。確かにたくさん歌を歌ったので、喉がカラカラだった。

「ありがとう」

お礼を言ってレモネードに口をつけると、蜂蜜のほのかな甘みとレモンの酸味が広がり、喉を潤していく。あー疲れた。

その後、片づけが終わると、ヴォーグさんが今日のお礼と労いにと、ご飯をご馳走してくれることに。

イベントの影響で宿は全室埋まっているから、夕の鐘が鳴るよりずっと早い夕食になったけど、笑顔と話題が尽きない食事は本当に楽しく、あっという間に時間が過ぎた。

家に帰り、ベッドの上でうつらうつらと船を漕ぎながら今日のことを思い返し、ふと思った。

そういえば、リクロスとリュミーさんは来てたのかな？

アクセサリーの効果なのか、私には二人がどこにいるのか全然わからなかった。

……今度うちに来たら聞いてみよう。

第六章　招かれざる来訪者

イベントも終わり、翌週の市場での出店も何事もなく終わり、お店にたまーに村の人が来るくらいの平凡な生活に戻った。

「んー、暇だなぁ」

今日も今日とてお店を開いているが、人が来る気配はない。暇潰しに庭に顔を出すと、ラリマーが育ちすぎている野菜があると教えてくれた。

――マスター、これ食べ頃～。

「え、どれどれ？」

――これ。その少し下のは、赤くなっちゃいそうだね～。

ラリマーに教えてもらいながら、ほどよく育った野菜を収穫していく。アンバーも手伝ってくれた。

平和だなぁ。お昼は、この採れたての野菜でピザでも焼こうかな？

そんなことを考えてピーマンを収穫した、その時だった。

「ちょっと！　本当にこんなボロいところにいるわけ！」

「し、調べたらそうだって」

少し離れたところから声が聞こえる。ん？　なんだろ……？

さっきまで庭を駆け回っていたオニキスやルビーくんが、警戒して私の近くに寄ってきてくれる。

少し離れた木の陰で休んでいたセラフィは、様子を窺うように首を持ち上げた。

「あらぁ、本当だったのね。安っぽい看板がかかってるわぁ」

そう言って門をくぐってきたのは、以前、イェーガーさんと言い合っていた商人だった。

確か、マンソンジュという名前だったような……

今日は、気の弱そうな男性を連れている。あれ？　この人、『猫の目亭』のイベントに参加してた人だ。痩せてるのによく食べていたから覚えてる。

ってか、看板、安っぽいって酷い！　ジィーオさんと一緒に作った思い出の品なのに。

私が少しムッとしていると、マンソンジュさんがツカツカとやってくる。

「こんにちは、お嬢さん。今日は商談に来たの。売ってくれるかしら？」

「……商人さんがここに来るのは、不干渉の約束に反するのでは？」

恐る恐る聞くと、マンソンジュさんはわざとらしく、驚いたような甲高い声をあげた。

「んまぁ。質問に質問で返すのは感心しないわよ？　お嬢さん。でも、わたくしは優しいから答えてあげちゃう！」

マンソンジュさんは少し胸の開いたドレスをバサバサと翻して、一枚の紙を取り出した。

「ほーら、見てごらん。『商談委託証』よ！　わたくしは商人の立場ではなく、お貴族様の代理としてここにいるのヨォ!!　よく見ればいいわ！」

突きつけられた紙には、『私アーロゲント卿は、シュレヒト商店の商人マンソンジュを自身の代理と認め、交渉を任せるものとする』というようなことが書かれていた。

確かに、不干渉の約束は村に来る商人との約束で、貴族とは無関係だった。

ちらりと顔を上げると、マンソンジュさんはふふんっと鼻息を荒く吐き出し、こちらを小馬鹿にしたような不敵な笑みで見てきた。

「わかったら、商談しましょう?」

マンソンジュさんはじりじりと迫ってくる。貴族の代理人なら、応じないわけにはいかないだろう。

私は不安に駆られながら、チラリと眷属の皆を見る。

今はまだ私に集中してて、この庭の野菜や果物が旬じゃないのに実っているとか、そんなことは気にしていないようだ。

けれど、卑怯な抜け道を使って交渉しようとする人だもの、眷属たちのことがバレたらいいように利用されるかもしれない。

マルクさんやフェイさんが、こういう人から私を守るために頑張ってくれたのになぁ。

何か商品を売らざるを得ないと、諦めかけた時だった。

「そこまでですわ!!」

声がしたほうを見ると、そこにはマリアンさんとマルクさんの姿があった。

マルクさんはわかるけど、服商人のマリアンさんがどうして……?

「間に合ってよかった」

マルクさんは、やれやれと安心したように肩の力を抜いている。

それを見てホッとしたのも束の間、マンソンジュさんは私にしたのと同じように『商談委託証』をマルクさんに突きつける。

「何よ、今日のわたくしは、お貴族様の代理人よ！　こんな田舎の村長如きが、邪魔をしていいと思ってるわけ!?」

「ああ、村長としてなら確かに身分不相応だろう」

マルクさんは焦った様子もなく、堂々と認める。そんな彼を、マンソンジュさんは睨みつけた。

「だったら、大人しく見ていなさいよ」

「だが、今の私は、王族として来ている」

「は……？」

言葉を失うマンソンジュさんの横で、私も驚いて目を見開いた。

「君は、この国の王族の特徴である髪の色を知っているかね？」

「何を当然なことを！　この国の王族は、皆様、美しい赤髪！　赤、髪の……」

「そう、他に類を見ない赤い髪。それがこの国の王族の証だ」

え？　マルクさんが王族？　偉い人？　私も混乱してしまう。

「嘘、嘘でしょ？　どうしてこんな田舎の村長が……？　王族だなんて……信じられない。そうよ、ただの偶然でしょう？」

「君が信じないのは勝手だが、それならこれで証明できるだろう」

マルクさんが取り出したのは、赤い宝石だった。それを空にかざすと、嘴（くちばし）で剣を持つ鳥が羽を広げている紋章（もんしょう）が浮かび上がった。

「王の直系のみが持つことを許される魔造具……。この紋章（もんしょう）が何を意味するか、小賢（こざか）しい小細工をしたお前ならばわかるだろう？」

マルクさんの髪が王族の色だと気づいて狼狽（うろた）えるマンソンジュさんに、さらに追い討（う）ちをかけるようにマルクさんは証（あかし）を示した。

「いいえ！　そんなもの、どーせ、偽物でしょう！　わたくしがわからないと思って、用意したんでしょう‼」

それでも、否定するマンソンジュさんに、マルクさんはその魔造具を渡した。

「偽物だと思うならば、掲（かか）げてみるがいい」

「そ、それは……」

「王族以外が掲（かか）げれば、死が降（ふ）り注（そそ）ぐ。なんだ、知っていたのか」

マンソンジュさんの手の中から魔造具が落ち、私の足元へと転がってくる。思わず拾い上げて、脳内辞書の説明を見る。

《輝きの紋章―フリューゲル王家の血に反応し、輝く紋章。血族以外が掲げると死に至る呪いがかけられている》

　こんな魔造具もあるのか。どうやって作られているんだろう……？

　まじまじと魔造具を見つめていると、マルクさんに代わり、マリアンさんがマンソンジュさんの前へと出た。

「それでは、改めて、私がご紹介しましょうか？　私は、王直属の使用人。こちらにおられるマルク様は先代王の息子であり、現国王の弟であらせられます。使用人である証として与えられた、この紋章がその証です」

　そう言ってマリアンさんが取り出したのは、複雑な模様のメダルがついたロゼットだった。

「王弟殿下だなんて……嘘、でしょ……。しかも、王直属の使用人ですって？　なんで、そんな人が、こんな田舎の鍛冶師なんかを気にするのよ。おかしいじゃない……」

　呆然とするマンソンジュさんに、マリアンさんは厳しく言い放つ。

「それはあなたが気にすることではありません。今すぐここを去りなさい！」

「くっ……覚えてなさいよ‼」

　先ほどまで勝ち誇って掲げていた『商談委託証』をぐちゃりと握り潰して、マンソンジュさんは去っていった。あとに残ったのは、私とマルクさんとマリアンさんの三人だ。

あ、頭を下げなきゃ!!

慌てて、私は頭を下げる。でも、それをマルクさんが制した。

「メリアくん、やめてくれ。私はね、王位継承権を放棄した身なんだ」

「そ、それでも、王族なことには変わりないのでしょう？　私、今まで随分無礼なことをしちゃってますよね」

「そんなことはないよ。君が来てくれて、エレナも私も新鮮で楽しいんだ。とりあえず顔を上げて、少し話をしよう」

「は、はい……」

マルクさんに優しく言われて、私はゆっくり頭を上げる。

――ご主人様？　虐められたの？

――違いますよ。人の中では上の位だったので驚いたのです。

フローが私の慌てっぷりに首を傾げていたけれど、アンバーが説明してくれる。

アンバー、ありがとう。フローは納得したようだ。

ちょっと落ち着いてみたら、フローだけじゃない。オニキスもセラフィも少し苛立った様子でこっちを見ていた。私がオロオロしたから、マルクさんに嫌なことをされたと勘違いしたみたい。

「皆、大丈夫だからね。マルクさん、マリアンさん、ここではなんですので、こちらにどうぞ」

皆を宥めてマルクさんに拾った魔造具を返すと、二人を家の中へ案内することにした。

そして、ダミーの部屋のリビングのテーブルに着いてもらう。

「どうぞ。粗茶ですが……」

「いえ、ありがとうございます」

マリアンさんが微笑んだ。

あ、やっぱりこの人綺麗だ。でも、口調も動作もこの間会った時と全然違う。

二人がお茶を飲んで一息ついたところで、マルクさんが話し始める。

「メリアくん。今、この村に腕のいい鍛冶職人がいるということが、国中で噂されているんだ。それが、私の兄である王の耳にも届いてね。私に直接連絡があったんだ。どんな者なのか見てみたいと」

「え……」

私は唖然としてしまう。マルクさんは、少し眉尻を下げながら続けた。

「本当のことを伝えるか、とても悩んだよ。君が望まないことが起きるかもしれないから。……だが、ここまで君の存在が知れ渡ってしまうと、いずれ眷属様のことを気づく者も現れるだろう。そうなると、悔しいが君を守るには私だけの力では足りない。だから、私は国王にも協力を仰ぐことにしたんだ」

「報告を受けた王は、念のため私を派遣されました。怪しまれないよう商人のふりをしていたのですが、結果的に騙すことになってしまい、メリア様には申し訳なく思います」

マリアンさんがしゅんとした様子で言う。私は、あの商人の時の雰囲気は演技だったんだと納得した。

「いえ、そんな……」

「マルク様のおっしゃる通りのお人柄なのですね」

私が謙遜すると、マリアンさんが微笑む。けれど、すぐに真面目な顔をして話し始めた。

「メリア様はレクルソス教会をご存じですか？」

「いえ。なんですか？　それ」

尋ねると、マルクさんが説明してくれる。

「いいかい、メリアくん。この世界では眷属様と絆を結ぶことが難しいという話をしたよね」

「はい」

マルクさんに続いて、マリアンさんが再度口を開く。

「レクルソス教会は、眷属様と絆を結んだ者を御使様と呼んでいます。教会は、本部のあるレクルソス共和国に御使様を呼んで、眷属様からの言葉を世界の言葉として各国に伝えることで権力を保持しています。ただ、御使様はなかなか現れないので、今のレクルソス教の教えは、もう何百年も前に得たものです」

「元は人々の救済から始まったのだが、最近はマリアンくんが言うように、眷属様の言葉を利用して国を自分たちの思うままにしようとしている節があるんだ。いや、それは置いておいて……。そんな教会が、メリアくんがたくさんの眷属様と絆を結んでいると知れば、無理やり君を連れ去ろうとする可能性がある。そうなったら、私だけの力ではどうしようもできないんだ」

そう言って、苦悩が滲んだ顔をするマルクさん。そんな彼を横目で見つつ、マリアンさんが言う。

「そこで、メリア様には我らが王に会っていただきたいのです」

「え……」

「聞けば、メリア様は魔族とも関わりがあるとか？　マルク様もお話しされているそうですね」

マリアンさんの口から急に魔族の話が出てきて、私は咄嗟に身構える。

「リクロスに、何かするつもりですか？」

「リクロス……というのですか？　その魔族は。私はメリア様が、王が謁見すべき人物かどうか見極めに来たに過ぎません。そして私は、メリア様は王に会うべきだと判断いたしました。しかしマルク様はそれだけでなく、王はその魔族にも会うべきだとおっしゃったのです」

「マルクさんが？」

ますます話が見えない。どうしてリクロスが関係してくるんだろう？

そう思ってマルクさんを見ると、彼は真剣な表情で頷いた。

「ああ。彼が危険ではないこと、そして我々の伝える歴史は誤っているかもしれないということを、国を統べる王は知るべきだ。それを伝えた上で、私は王は彼に会うべきだと言った」

「彼は、メリア様のもとによく来られるとか。その際に、こちらをお渡しいただけますか？」

そう言ってマリアンさんが私に渡したのは、手紙だった。

封筒には、封蝋の紋章と同じものが描かれている。それを確認して、私は首を縦に振った。

「わかりました。渡しておきます。……でも、魔族が都市――それも城に現れたら、国中が混乱するんじゃないんですか？」

「メリアくん。君、リクロスくんに姿を誤魔化すアイテムを渡しただろう」

「え、なんでそれを？」

バレていたのか。でも、怒ってはいないみたい……？

「イベントの時に、彼に会ってね。最初はわからなかったが……よく見たら彼だと気づいた。一瞬、心臓が止まるかと思ったよ。次からはちゃんと教えてくれ」

苦笑しながら、マルクさんが私に釘を刺す。私は少し気まずくなりながら返事した。

「は、はーい」

マルクさんは、あのピアスを使って姿を誤魔化していれば、知り合いでない限り正体はわからないだろうから、都市に行っても大丈夫だと続けた。

「それと私は、リクロスくんが行かなくとも、メリアくんには兄に会ってほしいと思っている。兄は優秀な人だから、君の立場を理解した上で、きっと手助けをしてくれるはずだ」

そこまで言われると、理由もなく断るわけにもいかない。

こうして、リクロスがどうするかは別として、私が王に会うことは決まった。

「それでは、私は先に城に戻ってお待ちしております」

マリアンさんはそう言うと、ペコリと頭を下げて行ってしまった。

一人残ったマルクさんはお茶をすすって、静かに口を開く。

「メリアくん、私が王族であることは内緒にしておいてくれ」

「はい。……でも、どうしてマルクさんが、この村の長を……？」

「前に伝えたと思うが、この近くには神獣様のお住まいがある。ゆえに私のような王位継承権を放棄した王族が、この村の長になるということが決まっているんだ」

「そうだったんですね……」

「私は、兄と王座を争うつもりもなかったしね。だが、周囲はそんな私たちの気持ちなど気にせず、私たちの立場を利用しようとする。そう気づいて、私は当時王だった父に王位継承権を放棄すると告げたら、この村のことを教えてくれたのだ。だから今、平和に暮らしている。兄との関係もこじれることなく、こうしてやりとりができるくらいだ」

私は幸せだよ、と目を細めるマルクさん。

そう言えるまで、きっとたくさん大変なことがあったんだろう。

「兄に、よろしくね。メリアくん」

「はい。はい……」

優しく告げるマルクさんに、私は目からこぼれそうになった涙を堪(こら)えて微笑んだ。

第七章　旅立ち

手紙を託(たく)された次の日、リクロスは我が家を来訪した。

思っていたより早く来たことに驚きつつも手紙を渡すと、リクロスはイベントの時にマルクさんに会ったと教えてくれた。

その時、王様に会ってみないかという話があったらしい。

私は行くと伝えたら、リクロスも私と一緒にならと、王様に会うことを決めた。

マルクさんにそれを伝えると、彼は「そうか」と頷き、移動用の馬車を用意すると言ってくれた。

大体、三日くらいで準備できるので、その頃リクロスと一緒に来てほしいとのことだった。

「——ということで、王都に行くことになったよ」

私は家に戻ると、庭の木の下でお昼ご飯を食べながら、眷属たちにそう伝えた。

庭の大きな木の下は、涼しい風がほどよく吹くので、ラリマーやセラフィのお気に入りのお昼寝スポットだ。

——移動かぁ〜面倒臭いなぁ……

——そうよのぅ。

ラリマーとセラフィは旅に出ることに対して不満げだ。

眷属の中でも大きい部類のラリマーとセラフィは馬車には乗れないため、自分で歩くことになる。

行きだけで七日もかかる旅だし、家で待っていてくれてもいいと伝える。

けれど、自分たちの目の届かない場所に行くなんて考えられないと怒られてしまった。

——たかが人の群れの長。来させればいいのに。

セラフィはどうしても納得がいかない様子だ。

彼らからすれば、人は自然の一部だから、偉いとか偉くないとか、そんなのは関係ないらしい。

「いや、王様がこの鍛冶屋に来たら大変だよ！　大騒ぎになって、生活がめちゃくちゃになっちゃうよ？」

——だったら、仕方ないねぇ〜。

私が反論すると、ラリマーは比較的理解が早く、のんびりした口調で言う。

移動するといえば、疑問が一つあった。

「そういえば、ここに来た時は皆どうやって来たの？」

神獣様は各地に住んでいる聖域があり、眷属も基本的にはその住まいの近くにいることが多い。

ただ、それだと力が偏ってしまうため、各地に眷属を配置して巡回させているのだという。

ラリマーやセラフィ、ルビーくんはたまたまここの近くにいた時に、オニキスやアンバーの神獣様に呼ばれたのだとか。その時の移動には、ある眷属が力を貸したそうだ。

「猿の姿をした、空間の神獣様の、眷属？」

皆から聞かされた新しい眷属の存在に、私は首を傾げる。

——その名の通り、空間に作用する力を持っていますの。

——その力でね、移動するんだよ！

アンバーとフローの説明によれば、空間の神獣様の眷属は私のアイテムボックスのように空間を作り出す力を持っている。その力の一部を他の眷属の力と合わせることで、空間同士をくっつけて移動する——つまり、ワープ能力が使えるそうだ。
——妾の主があれと会えれば、妾たちはすぐにでも王都に行けるぞ。
「いや、そんな都合よく……」
でも、このパターンは、もしかして神様がその眷属を送りつけてくるやつでは……？
キョロキョロと辺りを見回してみるけど、それらしい姿はない。
うん、どうやら違ったらしい。——そう思った時だった。
オニキスの上に、ちょこっと隠れるようにその子はいた。
灰色と茶色が交ざったような色のふわっふわの毛に、まあるい瞳。
……これ、お猿さんなの？
あ、そういえば、見たことがある気がする。
ピグミーマーモセットとかいう、元いた世界で二番目に小さいお猿さんだったっけ？
ＳＮＳで、指に抱きついている姿が可愛いって一時期話題になってた気がする。
じーっと観察していると、ぱちっと目が合った。
「チッチッ」
鳴いた！　鈴の音みたいに可愛くて高い声。
でも、その子は怯えた様子で、さらに隠れるようにオニキスの羽毛の中へ潜り込んだ。

「ゴメンね、ビックリさせちゃったかな？　君も、神様に頼まれて来てくれたのかな？」

そう言って指先を差し出すと、その子はじーーっと羽毛の中から私を見ては、差し出された手を見て、手を見ては、私を見るを繰り返した。

怖がらせてしまったので、それ以上は声をかけず、その子が自分から動くまで待とうと決めた。

他の子たちも、固唾を呑んで見守る態勢に入ってくれている。

何分くらい経っただろう？　小さなお猿さんは、少しずつソローリ、ソローリと近づいては下がり、近づいては下がり……

それでもじっと待っていると、その子は私の指先の匂いをクンクンと嗅いで、キュッと両手で私の指を握りしめる。

か、可愛い！

悶えたいのをぐっと堪えていると、怖くないことがわかったからか、その子は指から掌、腕へと上り、私の肩や頭に乗ったり、掌に戻ったりと遊び始めた。

しばらくすると飽きたのか、その子は掌の上で私の顔をジッと見始めた。

「初めまして。私はメリア。あなたの名前はオパールよ。気に入ってくれるかな？」

――オパール、好き。

名前をつけた途端、声が聞こえるようになった。喜んでくれているみたいで何よりだ。

「よかった。ところでオパール、ここへは神様が？」

私が尋ねると、オパールはこくんと頷いた。

「そう、ありがとう……」

——メリア様、オパール、待っててくれた。

ふんわりと嬉しそうに微笑むオパールは、ふわふわで小さい姿も相まって可愛らしい。

——空間の眷属は、臆病な者が多い。仲良くなれたご主人様はすごい。

フローがそう言ってくれる。なんでも、神獣様や神様の頼みでも、なかなか心を開かないらしい。私はホッと安心した。

しかし……十二の神獣って……。私は眷属たちを順番に見て思う。

鼠・牛・兎・蛇・羊・鶏・猿。干支かな？

残りは虎・龍・馬・犬・猪で、数もぴったり合う。

日本でも、干支の動物は神に仕えてるって説もあったっけ？

神様は自分の仕事のミスで私が死んだって言ってたし、元いた世界の神様もやっていたのだろうか？

それとも、他にあちらの世界となんらかの関連があるのだろうか？

まあ、わかんなくても多分困らないだろうから、とりあえずこの疑問は置いておこう。

オパールが来たことで、旅の問題は一気に解決した。

ラリマーとセラフィは、オパールの力であとから合流することに決まったからだ。

二匹からは、私も一緒にワープすればいいと言われたのだけど、せっかくだから他の町や都市も見て回りたいので、予定通り馬車で行くことにした。

早速、準備に取りかかる。王都までは、七日もかかるのだ。

まずは服が必要。そういえば王様と会うのに、そんな上等な服、持ってない！

どうしよう？　あとでマルクさんに相談してみようかな……

それから、道中の食事のことも考えなくちゃ。

朝夕は宿で食べるとしても、お昼は多分自炊だよね？

この家にある調味料は外に持っていけないけど、料理にしてしまえば外に出せる。

神様に確認したんだよね。この間の夢の中で。

ってなわけで、寸胴鍋で豚汁を作って、鍋ごとアイテムボックスに入れておくことにした。

野菜たっぷりでおいしいんだよねー。

あとは、この前のイベントで作ったアルミの皿に唐揚げ、ソーセージ、野菜炒め、玉子焼きを作って載せ、アイテムボックスに入れた。

このアルミの皿は、使ったあと捨ててもいいかなー？　アイテムボックスの中は時間が経過しないから、万が一残っても大丈夫。いろいろ多めに持っていこう。

あとは何がいるだろう？

馬車って揺れるのかな？　小説じゃ、お尻が痛くなるって書いていることが多かったけど……

一応、クッションも多めに持っていこう。それから、それから……

あれもこれもといろいろ入れて、気づいたらアイテムボックスの空きがなくなってしまった。

「あちゃ。まあ、いいか」

いざとなったら、食べ物を皆に消費してもらおう。

そういえば、定期的に市場に品物を卸さないとダメなんだよね？　旅に出ている間の出店をどうするか、マルクさんに相談しないと。

ちらりと外を見ると、既に月が出ていた。

オパールが来て、旅の準備とご飯作りをして、今日はたくさん動いたなぁ。

明日は、オパールが来たお祝いに、オパールの好きなものを食べさせてあげようっと。

そう決めて、私は寝る支度を始めるのだった。

ん、なんだかくすぐったい……

――メリア様。起きて。

頭の上から声がする。

それと同時に、小さくて柔らかな何かで頬をぱちぱちと叩かれる。可愛い声。

「ん……」

目を開けると、くりくりした目の、ふわふわの小さなお猿さんが目の前にいた。

そうだ、オパールだ。

「おはよう。どうしたの？」

――あのね？　あのね？

オパールはあわあわと挙動不審になり、こちらを窺いながら言葉を紡ぐ。

――いらない袋をくだしゃい！　あ……

噛んだ！　可愛い!!　しかも、顔隠して照れてる！

「いらない袋ね？　えーと、これなんてどう？」

ファンタジーといえば、革の小さな袋！　と以前思わず買ってしまったのだけど、使い道がなくてしまっておいたものだ。

——ありがとう。

オパールは袋を受け取ると、嬉しそうにギュッと抱きしめて……え？　キラキラと光った？

——はいっ！

オパールが袋を差し出してくれる。

脳内辞書によると《革の袋（小）・改－空間の力を受け、大きさに関係なく十個まで物が入る》となっている。

もしかして、昨日アイテムボックスがパンパンになったから？

どうかな？　と言うように首を傾げるオパール。

「ありがとう」とお礼を言うと「きゃー」と照れた様子で走っていった。

「よし、じゃあ、オパールが来たお祝いをしよう！」

私はベッドから起き出して、キッチンへ向かった。

冷蔵庫を開いて、何がいいかなぁと食材を探す。

お猿さんなので、果物とか好きそうだなぁ。あ、生クリームがあった。前に酪農家(らくのうか)さんにもらったんだよね。

そうだ、フルーツサンドにしよう！

生クリームとカスタードクリームのサンドイッチっておいしいから、カスタードクリームも作ろうかな。

えーと、まずは、牛乳を沸騰する直前くらいまであたためないといけないから、その間に、卵黄と卵白に分けよう。

卵黄と砂糖をボウルに入れてかき混ぜる。小麦粉も加えて混ぜて……

あっと危ない。牛乳が沸騰しかけてた。

慌てて牛乳を火から下ろし、ボウルに少しずつ加えていく。

全体が軽く混ざったら、ザルで濾しながら鍋に移し替える。

ここからが、本番!!

中火にかけながら、とろみがつくまではゆっくり、そのあとは急いでかき混ぜる！

フツフツと大きな泡が浮いてきたら、もうすぐ完成！

よーし、もったりとして表面に艶がある。今回は大成功だ。

急いで火から下ろし、容器に入れて粗熱をとる。

もう少し冷めたら冷蔵庫で冷やそーっと。

カスタードの粗熱をとっている間に、庭で採れたみかんとりんごの皮を剥く。

りんごは薄く、でも少し歯応えが残るように切って、色が変わらないように塩水につけておこう。

みかんは薄皮まで綺麗にとっていく。

フルーツサンドにする時は、ちょっとでも皮が残っていると食感が悪くなっちゃう。

みかんの薄皮って剥きづらいけど、頑張ろう。

あとは、生クリームの準備だ。

冷蔵庫にカスタードを入れてから、生クリームを取り出す。

あとは、ひたすらこれを泡立てるだけ！

ボウルの下に氷を敷いて、泡立て器でシャカシャカかき混ぜていく。

こうして冷やしながら混ぜないと、固まりにくいんだよね、確か。

レモン汁を入れるとすぐ泡立つって聞いたこともあるけど、今日は純粋に混ぜる!!

二十分くらい混ぜて、ようやく角が立った。

冷蔵庫のカスタードを見ると、ほどよく冷えてる。

薄切りにしたパン二枚にカスタードを塗って、りんごとみかんを載せ、今作った生クリームを塗って、挟む！

食べやすいように一口大に切って盛りつけて……これでよし。

余った卵白は置いておいて、今度、シフォンケーキでも作ろうかな。町や都市のお店にブランデーが置いてあったら、果物をブランデーに漬けて、それを入れてもいいかも。

遠いところに行くのって初めてだから、なんだか楽しみ。

「皆ー、ご飯にしようかー」

盛りつけたお皿を持って庭に出ると、アンバーとオニキスが早速近くへ来てくれる。

――わぁ、おいしそうですね。

――何？　何？

「みかんとりんごのフルーツサンドだよ！　あと、スモークハムも少し切ってきたの」

あ、オニキスの上にまたオパールが隠れてる。そこが好きなのかな？

――ぼくはいつも通り草でいいよぉ～。

――妾もじゃ。

ラリマーとセラフィはフルーツサンドにあまり興味がなさそうだ。

眷属は種に関係なくなんでも食べられるみたいなんだけど、やっぱり、その種に合った食べ物があるらしい。

だからラリマーとセラフィはご飯を作っても、大概側で草を食べている。

レタスやキャベツがいっぱい入ったサラダなんかは、気が向いたら食べてくれるんだけど。

「今日はね、オパールが来てくれたお祝いなんだよ！　オパール、これからよろしくね」

――メリア様、皆様、よろしくお願いします……

オニキスの上から、小さな声でオパールが挨拶(あいさつ)をする。

恥ずかしがり屋だから、緊張しただろうに……

「はい、オパール。お口に合うといいんだけど」

労(ねぎら)うような気持ちでオパールにフルーツサンドを差し出すと、すかさずオニキスが食べてしまった。

オニキス、間違えちゃったのかな？

――おいしい。おいしい！

――あ……

「もう、オニキス！　今のはオパールにあげたんだよ。オパール、いっぱいあるから、こっちをどうぞ」

悲しげにしているオパールに、再度サンドを渡す。

――ありがとう……

サンドを受け取るオパールに、オニキスがすまなそうな顔をした。

――ごめんね？

――いいよ。おいし……い。とっても、おいしい！

オパールは、嬉しそうに食べてくれた。

「はい、皆も、食べてねー」

――ハムおいしい。

蛇（へび）のフローはやっぱり肉のほうが好きなようだ。

――りんごシャクシャク！

アンバーは甘いモノが好きみたいで、サンドをおいしそうに食べてくれる。

――これ、甘くてうまいなぁ！ ハムと交互に食べたら止まらへん!!

意外と食いしん坊なルビーくんは、両方を交互に食べて楽しそうだ。

私も一つ手にとって食べる。

りんごのシャキシャキした食感とカスタードと生クリームの滑（なめ）らかな甘みに、少し酸（す）っぱいみかんがほどよくアクセントになっていて、本当においしい。ハムも、ちょうどいい塩加減だ。

「帰ってきたら、また皆で食べようね」

――はいっ!!

オパールはくしゃっとした笑顔で、返事をしてくれたのだった。

オパールの歓迎会をした次の日。

今日は王都へ行っている間の市場出店の件と、王様にお会いするための服装をマルクさんに相談するため、村へ行こうと思う。

私が準備をしていると、オニキスとオパールが言い争いを始めた。

――ご主人、オニキス、乗ってく！　乗ってく！

――オパールのほうが、早い。メリア様、安心。

――そんなことない！　ない‼

「二匹とも、どうしたの？」

――メリア様。オパールの力で移動する、試すといいの。

――ダメ！　オニキス乗る‼

どうやら、オパールは自分の空間移動を試してほしくて、オニキスは村まで乗せていくのは自分の仕事だと思っているみたい。

「じゃあ、行きはオニキスに頼んで、帰りはオパールに頼もうかな」

――行きだけ⁉

――……両方、オパールでいいのに。

二匹とも不服そうだ。私は少し考えたあと、論すように言う。

「オパールの力は誰かの能力と繋げることが必要だから、一人の力での移動は難しいんだよね？　なら、オニキスが力を貸してあげて？」

――むぅ。

「だめ？」

――わかった、わかった。

最初は嫌そうにしていたけれど、自分の力も使われるならとオニキスは頷いてくれた。

次に、私はオパールのほうを向く。

「オパールも。オニキスの空のお散歩も楽しいよ？」

――……うん。

オパールも、私とオニキスを交互に見て頷いた。

ハプニングもあったけど、私は支度を終え、オニキスに乗って無事に村へと着いた。

早速マルクさんのところへ向かう。

マルクさんのお屋敷に行くと、いつもの応接室に通してくれた。

まず市場への定期出店についてどうするべきか尋ねると、可能ならば誰かが販売を代行できるよう準備したいとのことだった。私は了承し、出発の前に品物などを準備しておくことを約束する。

服装については、マルクさんたち王族側から言い出したことなので気にしなくていいとのことだった。よかった、これで安心して準備ができる。

突然のことですまないと謝るマルクさんに、「いつも助けられてるのは私のほうですからっ！」と言うと、困ったように笑っていた。

さて、帰り道はオパールの力とオニキスの力で帰ることになっていたけど……どうするんだろう？

そう思っていたら、オニキスが人気のない路地へと駆けていく。

あとを追いかけると、積み上げられたものの陰へと身を隠したのが見えた。

「どうしたの？」

尋ねてもオニキスは何も言わず、物陰を嘴で突き始めた。

すると突いた場所がぐねぐねと波打ち、まるで黒い沼のようになる。

そこにオパールが手をかざすと、ふわりとした光がその沼に吸い込まれて消え、二匹は私のほうを向いた。

――できた、道、できた。

――飛び込む！　飛び込む‼

期待に満ちた二匹に何も言えず、私は恐る恐るその沼のような影の中へ足を踏み入れる。

一瞬、浮遊感が私を包んだ次の瞬間、私は木の陰に立っていた。

目の前にはいつもの私の家があり、セラフィとラリマーがのんびりと日向ぼっこをしている。

「え、え、ここは、家だよね？」

――これが、オパールの空間移動。すごい？

――オニキスも、すごい。オニキスも、すごい。

「うん、二匹ともすごいよ。本当に一瞬なんだね」

得意げな二匹を褒めてあげると、オパールが誇らしそうに説明してくれる。

――メリア様、人だから、通れる道、限られてる。でも、移動できる。

「そうなんだ」

――影は、一番通りやすい。

オパールがそう言うと、オニキスは胸を張って嬉しそうにする。

「じゃあ、またお願いするね、二匹とも」

――うん。頑張るよ。

――オニキスも！　頑張る!!

移動手段も試せたし、これで問題なく王都へ行けるなぁ！


そして、ついに出発の日がやってきた。

「ラリマー、セラフィ、先に行ってくるね」

――うん～。いってらっしゃ～い。

――怪我したらすぐに妾を呼ぶのじゃぞ！

ラリマーとセラフィはしばらくお留守番。王都に着いたあとオパールに一度家に戻って、二匹を連れてきてもらう予定だ。

それ以外の子は一緒に行くため、小さくなって籠の中へ。フローはいつも通り私の手首に。

家から出て柵を閉じると、半透明の板が目の前に現れる。

そこには、『家の防犯システムを作動しますか？』と表示が。

『はい』に触れると『システムを作動します』と板に文章が出た。

これは、神様が用意してくれた防犯システム。

今回は、この世界に来て初めての遠出だ。恐らくすぐには帰ってこられないだろう。

だからこれを作動させておくことにした。

どうなるんだろう。初めて作動させるそれに、ドキドキする。

すると、シュインと、機械音が鳴った。カタンカタンと何かが出てくる音も聞こえる。

でも、見た目は何も変わらない。私はそっと柵に触れようとした。

けれど、触れなかった。

見えない何かがそこにあって、私の手を阻んでいる。

今度は柵の上のほうへ手を伸ばすけど……また、何かに阻まれた。

いろんなところをペシペシ叩いていると、半透明の板が再び出てくる。

『家の防犯システムを解除しますか?』

何度も触れていたからだろう。慌てて『いいえ』に触れた。

すごいシステムだ。さすがは神様。

家の防犯も確認できたし、いよいよ出発だ。

マルクさんは村の入り口に馬車を手配してくれているって言ったよね……急ごう。

オニキスに乗って待ち合わせの場所に向かい、数分で目的の場所に着いた。

「これが、馬車？」

そこには、マルクさんが言っていた通り馬車が停まっていた。

映画などで見るような派手な装飾品はなくて、パッと見、車輪が四つついた窓のある箱みたい。

「ああ、メリア、来たんだ」

初めて見る馬車を観察していると、後ろからリクロスの声がして振り向く。

その姿を見て、私は思わずびっくりしてしまう。

「っ！　リク、ロスだよね？」

「そうだよ」

そこに立っていたのは、いつものフードつきマントではなく、村でよく着られている普通の服を纏った美青年だった。でも顔をよく見ると、リクロスだとわかる。

魔族の特徴である肌と角はピアスで見えなくしているのもあるけど……服装でこんなに印象が違うんだ。

ふと、自分の格好を見る。いつもの動きやすい白いワンピースに、といただけの髪。

見劣りしちゃうな、と思わず地面を見る。

「メリアくん、リクロスくん」

呼ばれて振り返ると、マルクさんがこちらへやってきていた。

「マルクさん！」

「待たせてすまない」

「いえ、大丈夫です！」

マルクさんに続いて、誰かが馬車の物陰から出てきた。誰だろう？

「やあ、久しぶりだね」

「ネ、ネビルさん‼」

まさかの人の登場で、私はまた驚いてしまった。

ネビルさんはエルフで、一年前にトラブルに巻き込まれた私を助けてくれた冒険者、キリスさんの相棒だ。

「本当に知り合いだったのか……」

「だから言ったでしょう。知り合いだと」

目を見開くマルクさんに、ネビルさんはやれやれといった様子で肩を竦めた。

「でも、どうしてネビルさんがここに？」

キリスさんの手紙によると、ネビルさんは彼女の旦那様になったはず。

今はキリスさんのお腹に二人の赤ちゃんがいると聞いている。

「……キリスが、鬱陶しいから出稼ぎでもしてこいって」

鬱陶しいって……もしかして……

「妊娠しているキリスさんに纏わりついてあれやこれやをしようとした挙句、構ってもらうことに失敗して、余計に手間を取らせました？」

「……どうしてわかるんだい」

「あ、やっぱりそうなんですね……」

キリスさんのことが本当に好きなネビルさんなら、お腹に子どもがいる彼女のあとをついて回りそうだと思ったのだ。

「キリスは僕のなのに、子持ちの主婦たちが僕らの邪魔をするし……。まぁ、キリスにひもじい思いはしてほしくないから、仕方なく仕事をしようと決めたんだけど……やっぱり、キリスを一人にするなんて……」

途中からぶつぶつと自分の世界に入ってしまうネビルさん。

去年初めて会った時のことを思い出して、少し懐かしく感じる。

しばらくして意識を戻したネビルさんは、ふと私の持つ籠を指さして納得したように言った。

「やっぱり、君が連れていたその子たち、眷属様だったんだね」

「う、うん。でも、どうしてネビルさんが……？」

「それは私から説明しよう」

マルクさんが言うには、エルフという種族は、実はそこまで魔族を敵視していないのだという。

エルフはそもそも神獣様の近くで生きる種族であり、フェイさんを見てわかるように、彼らは神獣様やその眷属様を敬って生活している。そのため彼らの思考は神獣様に似ていて、人間を脅かす存在か否かということに思考の重点を置かない。

だから、エルフたちは魔族を怖がらず、憎まない。

そこで、今回の王都までの旅に付き合ってくれる御者を、エルフの冒険者から探したのだそうだ。

眷属たちのことも口外しない、信頼できる冒険者をあたったところ、ネビルさんが名乗りをあげたのだとか。

「君には背中を押してもらった恩もあるし、今回の報酬はすこぶるいいんだ。帰ったらキリスに褒めてもらえるかも！」

機嫌よさげに言うネビルさんに、私は苦笑する。

「請け負ってくれたのは嬉しいんだけど、ネビルさん、馬、乗れるの？」

「当たり前だろう。僕らは生き物とは仲がいいんだ」

そう言って馬を撫でるネビルさんの手と表情は優しい。

私は納得して、マルクさんに市場で出す予定の商品を渡した。

オパールに頼んで作ってもらったマジックバッグをマルクさんに差し出す。オパールは物に触れることで、そこに空間を開くことができるのだ。商品はすべてそこに入れておいたので、マルクさん一人でも簡単に運べる。

マジックバッグを作れると聞いて、マルクさんが目を見開いていたのは、少し笑ってしまった。

「じゃあ、行くよ」

ネビルさんに言われて、私はリクロスと馬車へと乗り込む。

「行ってきます！」

「ああ、気をつけて。リクロスくん、メリアくんをよろしく頼むよ」

「わかってる」

マルクさんに言われ、リクロスがしっかり頷く。

ネビルさんの掛け声で、馬車がゆっくりと動き出した。

マルクさんが手を振って見送ってくれる。

さあ、出発だ!!

第八章　緑の少ない都会と孤児

窓の外の景色が村を抜けて草原へ、そして林と変化していくのを見るのは楽しかった。

……そう、楽しかった。

舗装(ほそう)されていない道を走るため、馬車はガタッゴトッと揺れる。

その振動がダイレクトにお尻にくるのだ。サスペンションはやっぱりまだないらしい。

しかも、椅子がすごく硬いので、余計に響いている気がする。

それなのに、リクロスは平気そうな顔で座っていた。

「リクロスは、お尻痛くないの？」

「ああ、風のクッションを入れているからね」

「え……？」

リクロスをよく見ると、お尻の部分が少し浮いている？

「リクロス、ずるい！　言ってくれてもいいじゃない！」

「ふふ、メリアが悶えてるのが可愛くてついね」

「もう！　いいよ。クッションいっぱい持ってきたから!!　リクロスにはあげないからねっ！」

アイテムボックスからたっぷりクッションを出して座ると、痛みが安らいだ。

御者席でネビルさんがぼやく。

「はぁ……イチャイチャしないでよ。僕も早くキリスに会いたい。お腹の子は大丈夫かな……ねぇ、もう帰っていい？」

「イチャイチャなんてしてませんっ！　ネビルさんいなくなったら、誰が馬車を操縦するんですか!!」

私が噛みつくと、ネビルさんは驚きの一言を放った。

「こっそりついてきてる人ができるんじゃない？」

「え？」

つけられてる？　ネビルさんはそう言ったあと、馬車を停める。

と、同時に、上から人が降ってきた。

窓から見えるのが誰か、最初はわからなかったけれど、次の瞬間知っている人へと姿が変わる。

「リュミーさん？　え、でも」

「気づかれていたようだね。リュミー」

リクロスが御者席のほうを見て、リュミーさんを冷やかすように声をかける。

「メリアさんがくださったあれのおかげで気づかれにくいはずだったのですが……なかなかの冒険者のようですね」

リュミーさんがひらりと御者席に降り立って言うと、ネビルさんは苦笑した。

「はは。お褒めに預かりどーも。で、御者代わってくれる？」

「お断りします。私はあくまでリクロス様の護衛ですから」

リュミーさんが無表情のままそう言うと、ネビルさんは納得したように頷く。

「まぁ、王都に赴くなんて、敵陣に丸腰で乗り込むようなものだもんねぇ。よく村長さんの提案を承諾したなぁって思ったよ」

「メリアが信頼している人だからね、彼は。それに……魔族という色眼鏡を外し、僕個人と関わろうとしてくれるところは評価している」

「ふーん。まぁいいけど。代わってもらえないなら、出発するよー」

リクロスに気のない返事をしたあと、ネビルさんは再び馬車を走らせる。

「……本当に、敵意はないいんだね」

リクロスは誰に言うのでもなく、呟くように言葉をこぼした。

「彼の世界は、奥さんであるキリスさんとそれ以外しかないから……」

私はリクロスの言葉にそう返した。

そのあともたびたび馬を休ませるために小休憩を挟んだのだが、ネビルさんとリクロスの態度は相変わらずで、少しギスギスしている。

居た堪れなくて馬たちと仲良くしていたら、少し馬たちが懐いてくれたように感じた。

そして一日目は、太陽が沈む前に宿のある村へ辿り着くことができた。

村の畑の青々とした野菜は栄養がたっぷり行き届いていて、生き生きとしている。フォルジャモン村にも似たのんびりとした雰囲気の村で、ここで夕食を取って一晩を過ごすことになった。

宿の食事は『猫の日亭』と同じくらいおいしいご飯だったけれど、ネビルさんは「キリスのご飯のほうがおいしい……。早く帰りたい」と嘆いていた。

翌朝早くに出発し、小休憩を挟みながら森の中を進んでいく。

山を越えないといけないので、日が暮れるまでにどこかの村や町に着くことは難しそうだ。

二日目は旅商人や冒険者が使う道を少し広げたような、見通しのよい広場で夜を過ごすことになった。

馬車を停めたネビルさんが香(こう)を焚(た)く。魔物避(よ)けらしい。

ネビルさんはテキパキと野営の準備を整えていき、私たちは夕食を取ることにした。

「まあ、でも、役得だよね」

ネビルさんが、私がアイテムボックスから出した料理を食べながら言うので、首を傾げる。

「ん？　何がですか？」

「これだよ、これ。食事。普通、野宿する時は携帯食とかで我慢するんだよー？　それなのに、あたたかくておいしいものが食べられるのはありがたい。しかも、眷属(けんぞく)様のおかげで野宿……というより、一軒家に泊まれるし」

——主(あるじ)さまが危ないのは困りますもの。

アンバーは自慢げに胸を張る。

そう。アンバーが土壁で一軒家のようなものを一瞬で作り上げてくれたのだ。

ちゃんと馬が休めるスペースもあり、彼らはぐっすりと眠っている。一日中馬車を引いて、疲れ果てていたのだろう。アンバーが建ててくれた家の中には、ルビーくんが明かりを灯(とも)してくれた。お布団も持ってきているから、しっかり眠れる。

一般的に野営の際には、魔物避けの香を焚きつつも寝ずの番の人を立てて、順番に仮眠して夜をやり過ごすらしい。もちろん、布団なんてないからマントを被って寝るんだそう。

大変だなあ……と思って、ふと疑問を思い出した。

「そういえば、気になっていたんだけど、山賊とかっていないの？」

「いないよ。少なくともこの道はね」

この道は、七日に一度の市場に行くために冒険者と商人が通る道だ。そんな道に山賊がいても、すぐやられてしまうだけだとネビルさんは言う。

それに森に潜めば、魔物に襲われるリスクも高い。そんなリスクを冒してまで山賊をやろうとする者はいないのだそう。

へぇと納得して紅茶を飲んでいると、リュミーさんが遠慮がちに口を開く。

「それにしても、私までご一緒してよかったのですか？」

追いかけてきたリュミーさんにも、家の中で休もうと声をかけたのだ。

「昨日は、村のどこにいるのかわからなくて声をかけられなかったけど、今晩くらい一緒にいても大丈夫だと思うんです」

「城内は無理だろうけどねー」

ネビルさんは悪気はなさそうだが、私は少しムッとする。

「わかってますよ」

キリスさんというストッパーがいないからか、ネビルさんの言葉にはいちいちトゲがある。リクロスもリュミーさんも大人だから何も言わないでスルーしてくれているけど、雰囲気は最悪だ。

そんな空気を少しでも変えようと、私はネビルさんに問いかける。

「ネビルさん」

「なに？」

「ネビルさんは、私を都市に連れていくまでが仕事なんですか？」

「そうだよ。帰りは聞いてない」

それならちょうどいいと思い、私は一つ提案することにした。

「なら、キリスさんに結婚祝いと妊娠祝いのプレゼントを買うので、渡してもらえます？」

「……嫌だけど、キリスは喜ぶだろうから仕方なく、仕方なくいいよ」

「よかった。じゃあ、お礼にキリスさんのところに一瞬で帰れるようにしてあげます！」

「は？」

私の言葉に、不思議そうな顔をするネビルさん。そんな彼を見て、私はフフッと笑う。

「この子、オパールは空間を司(つかさど)る眷属(けんぞく)で、行きたい場所に連れてってくれるんですよ」

——ひゃ⁉

りんごをかじっていたオパールを指さすと、オパールはびっくりしてりんごの陰に隠れてしまう。

　ごめんよ、突然声かけて。

　それに対して、ネビルさんは怒った。

「はぁ⁉　だったら、最初から眷属(けんぞく)様に連れてってもらえばいいじゃないか。こんな時間かけないで！」

「だって、私、初めてなんです、他の村とか町とか見るの。楽しみだったんです。それに、そのおかげでネビルさんにも再会できましたし！」

「～～～！　そんなこと言って、恥ずかしくないの⁉」

　素直に思っていたことを伝えると、ネビルさんはビックリしたようにまた怒鳴る。

　だが、先ほどよりも覇気(はき)がない。

　よく見ると、耳が赤い。もしかして、怒鳴っているのは照れ隠しなのだろうか。

「もういいよ。さっさと終わらせてキリスのとこに帰るんだから‼　いい？　プレゼント、変なもの渡したら承知しないからねっ！」

そう言うと、ネビルさんはマントを被って寝てしまった。

リクロスとリュミーさんは、そんなネビルさんを呆れたような、不思議そうな顔で見ていた。

まあ、先ほどまでの雰囲気は崩れたのでよしとしよう。


三日目は山を越えて、町へと辿り着いた。馬車が通れるような道はそれなりに整備されていて綺麗だ。

今日は宿をとったのでここで休むことになった。

まずはご飯。いただきますっ……って、あれ？　お水がおいしくない。野菜も……。普段、ラリマーのおいしい野菜に慣れているからかな？

その次の日に泊まった町の宿の食事も、似たような感じだった。

気のせいかな？　町には木や緑が見当たらない。

五日目、昨日よりも大きな町へ辿り着いた。都市に近いだけあって、さすがにここまで来ると人が多くて賑やかだ。

馬車から降りて商店街を歩く。服や小物などがたくさんある。肉屋や八百屋もあるが、昨日の町とは違い畑は見当たらない。

「離れないようにね」

リクロスはキョロキョロと辺り(あた)を見回す私に声をかけたかと思うと、急に私の肩を引き寄せた。

「チッ……」

その横を男の人が通り過ぎていく。そして、こちらを少し向いて舌打ちをした。

え、もしかして……

「……スリ？」

リクロスを見上げる。

「だと思うよ。メリアは浮世離れ(うきよばな)してるからね。気をつけて」

「う、うん」

大きな町は治安が悪いんだ。そう思った時。

ワンピースの裾(すそ)を引かれてそちらに目を向ける。ボロボロの服を着た小さな女の子が私を見上げていた。

「おねぇちゃん、お花買って？」

差し出してきた花はしおれて、すっかり元気がない。

「あのねー。そんなのいらないから」

ネビルさんが女の子の手を払いのける。その衝撃で女の子はこけてしまった。

「ネビルさん、そこまでしなくても！　ねぇ、だ、大丈夫？」

手を差し出そうと近づくと、女の子は眷属たちが入った籠を引っ張ろうとする。

――何すんねんっ！

中にいたルビーくんが、女の子の手に噛みつく。

「いたっ」

痛みで、女の子はすぐに籠を放した。そして私を睨むと、無言で去っていく。

「あ……」

「多分、この辺に住む孤児だろう」

「孤児……」

――ご主人様。一緒にいたい。

フローが私の手首にしゅるりと巻きつく。

――怖いの。危ないの。

それを見たオパールも私の服のポケットへ身を隠した。籠が揺れて、怖い思いをしたせいだろう。

「ごめんね、皆。気をつけるよう言われてたのに。怪我はない？」

アンバーが小さく頷いて答えてくれる。

——大丈夫ですわ。

——しかし、失礼なガキやったなぁ。

「ルビーくん。守ってくれてありがとうね」

——わしの手にかかればあれくらい、朝飯前よ！

そんな会話を交わして、町をもう一度よく見ると、先ほどの女の子のように痩せ細った子どもたちが、建物の陰にたくさんうずくまっている。

彼らはこちらをギラついた目で見ていた。獲物を狙うような目だ。

「行こう」

リクロスに手を引かれて、私たちは宿へと向かった。

借りた部屋は、二部屋。ネビルさんとリクロスで一室、私が一室だ。

リュミーさんは、またどこかに身を潜めているらしい。

ネビルさんとリクロスの二人で大丈夫だろうか？

いや、それよりも、あの孤児たちが気になってしまう。孤児ということは、親がいないのだろうか？

住む場所は？　食事は？　そういった対策が全くされていないの？

脳内辞書で調べてみる。この世界の孤児の扱いについて見てみると、『国ごとによって違う扱いをされている。フリューゲル王国では住む家、最低限の食事、服を与えているのみ』とのことだった。

目を閉じると、写真のようにいくつかの情景が浮かぶ。

小さい子どもの面倒を見ている少年や少女。

堅そうなパンと冷たいスープを食べてる子どもたち。

年頃になると家から出ていくようで、手を振る青年。

どの子たちも痩せ細っていて、目がぎらついている。

「こんな、こんなの……」

あの花を売ってきた女の子が、物陰で様子を窺っていた子どもたちが、可哀想だ。

気づけば、涙が流れていた。

泣いていると、部屋のドアをノックしてリクロスとネビルさんが中に入ってくる。

「メリア。どうしたの？」

「リクロス……あの子、あの子たち……」

うまく言葉にならなくて、涙だけがこぼれ落ちる。そんな私を見て、ネビルさんは淡々と言った。

「この国では、小さい子も冒険者として登録できるからねー。足りないものは自分たちで稼いで買えばいいっていうのが大多数の意見さ。簡単で金回りのいいクエストは大人が持ってって、子どもに回ってくるのは安くて危ないものばかり。そんなの受けられるわけないよねー」

「ネビルさん……」

「まぁ、だからと言って僕らが何かできることなんてないんだよ」

「そんな。せめて食事くらい……」

「一時的に、おいしいものを与える？　ずっと続けられるわけでもないのに、手を出すのはただの偽善だよ。むしろ、おいしいものを知れば普段の食事がどれだけ惨めか、思い知ることになるだろうね」

「あ……」

ネビルさんにそう指摘され、自分の考えの浅さに言葉を失ってしまう。

「ずっとできるわけじゃないなら、手を出さないほうがいいんだよ。……それより、食事にしよう」

そう言ったネビルさんの目は少し切なそうだ。彼はこの話を早く切り上げたかったのか、足早に食事処へと向かっていった。私もそのあとを追い店に入り、メニューを見て驚いた。

「野菜が高い……」

そう、前菜のサラダが一つ１０００Ｂと、まるでステーキ並みの値段なのだ。

逆に、メインの肉料理などは５００Ｂからあり、種類も豊富。

ネビルさんが堅いパンをちぎりながら教えてくれる。

「野菜は村や小さな町から運ばれてくるものしかないからね。魔物がよく狩れるから、肉は豊富なんだよ」

「え、じゃあ、この肉って魔物の……？」

衝撃の一言に、私は思わず手を止めた。ネビルさんは平然と食べ続けている。

「意外とおいしいよ」

「でも、どうして？　ここでも野菜を育てればいいんじゃ……？」

「無理なんだよ」

「え……？」

なぜかわからずに、私は首を傾げた。ネビルさんは私を呆れたように見て教えてくれる。

「眷属様のお力ってやつが、都市に近づくにつれて弱くなるんだ。そのせいで作物は育たないし、魔物も増える。強い魔物も出てくるから、被害に遭って亡くなる人も多くて、孤児も増える。食料が足りないから、最低限の援助になる」

――人が多ければ多いほど、負の感情は集まる。

――そういう場所、力いっぱい使う。力、足りなくなるの。

ネビルさんの説明に補足するように、フローとオパールも説明してくれる。

そうだったんだ。でもそれなら、と私は口を開く。

「なら、大きな町の孤児を、小さな町や村に住まわせれば……」

「誰が連れていくの？　お金も労力もかかるのに。さっきも言ったけど、できないならしないほうがいいんだ」

「でも、あのままじゃ、あの子たちは飢えてしまう……」

「メリア？」

ネビルさんは、私を険しい目で見つめる。

でも……一時的でもいい。一回でもおいしいものを食べれば、それが活力になるかもしれない。

もしかしたら、拒まれるかもしれない。こんな施しなんていらないと、怒られるかもしれない。

でも、希望も、怒りも、生きるための力になる。

あの、なんの希望もなく、無機物のような目。

ただ、飢えて食べ物を欲するだけの獣のような目が忘れられない。

偽善と言われてもいい。アイテムボックスの中には、一週間分以上の食料がある。

「私、やっぱり、あの子たちに何かしてあげたいの！」

私はそう叫ぶと、皆が入った籠を持って宿から飛び出した。

「ちょっと、メリア⁉」

リクロスの焦ったような制止の声は、聞こえないふりをした。

彼らの居場所は脳内辞書が教えてくれたので、道に迷うことなく辿り着くことができる。

あった。ここだ。

なんの手入れもされていないのだろう。小屋のような家はボロボロで、大きな穴がところどころ空いている。

覗き込むと、ちょうどご飯時だったのか、子どもたちが湯気のないスープが入っているだろうお碗に、堅そうなパンを浸して、必死で食べていた。

今にも壊れそうなドアを叩く。しばらくして、私より少し大きな少年が出てきた。

「誰だ、お前。なんの用だよ」

「私は、メリア。王都に向かって旅をしてるの」

「ふーん。で？　哀れな俺たちを見て自分は幸せだって自慢しに来たのか？」

「そんなつもりはない」

少年はこちらを警戒し、嘲笑うような表情を浮かべている。

「じゃあ、なんだ？」

「わぁ。おいしそうな鶏！　それに蛇も！」

少年と話していると、ミィナちゃんくらいの少女が顔を出した。その子はオニキスやフローを見てよだれを垂らしている。

この子たちにとって動物イコール食料なんだと思うと、切なくなった。

「この子たちは、食べられないよ」

「え？　どうして？」

「私の家族なの」

私はそう言ったあと、少女の蔑むような視線に射貫かれた。

「馬鹿な人。ここでそんなこと言って、通用するわけないじゃない」

少女の言葉に、少年も家の中の子どもも獲物を見るような目でこちらを見る。

その中には、さっき私に花を売ろうとしていた子もいた。

「でも、この子たちはダメ。返り討ちに遭ってしまう。それに、こんな少しの量を全員で食べてもお腹は膨れない。あなたたちにはこれを渡しに来たの」

そう言って、アイテムボックスから寸胴鍋で作った大量の豚汁を取り出す。

野菜もお肉もたっぷり入っているから、お腹も膨れるだろう。

「突然現れた？　どうして？」

「嗅いだことないけど、いい匂いがするよ」

空中から突然鍋が現れたのを見て、驚いたのは小さい子たちだけだった。

大きい子たちは私を警戒して、その鍋に触らないよう小さい子たちを離れさせる。

「アイテムバッグかなんかだろ‼　そんなもん持ってるやつが、俺たちに施しをするなんて、何か企んでるんだよ‼」

そう言いながらも、鼻をヒクヒクとさせているから、我慢しているのがわかる。

ここで言葉を間違えれば、この子たちはこの食べ物を拒否するだろう。

「企んでるんじゃない。私は、自分がしたいからしてるだけだよ」

「はっ！　偽善者かよ‼」

「偽善者で何が悪いの？　何かが入ってるって疑うなら、私も食べる」

「何がって……」

私が強く言うと、少年はたじろいだ。私はそのままたたみかける。

「施しを受けるのが悔しい？　現状を受け入れている自分たちの惨めさが悔しいんでしょ？　なら、泥水だろうとなんだろうと食らってでも生き延びて、見返してみなよ」

「はぁ⁉　何言ってんだ、お前‼」

「今日、しっかり食べれば、私を殴るくらいはすぐできるよね。もしかしたら、明日何か獲物を狩ることができるかもしれない。明日狩ることができれば、明後日も。今これを食べなかったら、そのチャンスを無駄にすることになる！」

「狩れるわけねーだろ、武器だってないし」

「武器があれば狩れるの？」

私が聞くと少年は一瞬言葉を詰まらせて、ぼそっと呟くように答える。

「……あてはある」

「なら、これを貸してあげる」

私はアイテムボックスから短剣を取り出して、少年に渡した。

「短剣……？」

「大きな剣なんて振り回せないでしょう？」

「……いいのかよ。こんなん渡して。今、お前を刺すかもしれねぇぞ」

「そうなる前に、この子たちが武器を取り上げてくれるでしょうね」

既に臨戦態勢をとって少年を睨んでいるフローたちを目で示す。彼は疑わしそうにこちらを見た。

「ただの動物に何ができるんだよ」

「この子たちは、特別なの」

「そうかよ。変なやつ。……おーい、こいつの持ってきたもの、食べようぜ」

言い合っているうちに警戒心がとけてきたのか、少年は私の持ってきた鍋を受け入れてくれた。けれど、まだそっぽを向いている。

「おい。今回はたまたま食べてやっただけだからな」

「うん。それでもいいよ。しっかり食べてね」

「………ありがと」

短剣を渡した少年はそう言うと、食べている子たちの輪の中へと入っていった。

口いっぱいに豚汁を放り込み、「変わった味だけどおいしい」と食べる子どもたちの姿に、ほっとする。

私はその様子を見て満足し、帰ろうと後ろを振り向いた。

そこには、般若のような顔をしたネビルさんと、リクロスが仁王立ちしていた。

その後、長時間にわたる説教の末に解放された私は、翌朝も孤児たちのもとへ行き食事を渡して町を去った。

ほんの少しでいい、私の行いが彼らの力になれたらと、切に願った。


六日目は、泊まる予定の大きな町に早めに着いたので、商店街のような、繁華街のような場所で、キリスさんへのプレゼントを探すことにした。

ネビルさんは「僕も一応祝われる側だよね？」と早々に離脱。

リクロスも、少し用事があると言って離れてしまった。

というわけで、今は私と眷属の皆だけだ。

まあ、眷属の皆も籠の中で休んでいるので、ほとんど一人に近いけど。

うーん。何がいいだろう？

キリスさん用のものもいいけど、もうすぐ生まれる子ども用の商品もいいよなぁ。

そんなことを考えながら、最初に入ったのは食器屋さんだった。

陶器のお皿や、銀のお皿、カトラリーなど高級そうなものが並ぶ中、木製の食器が目に入る。

子どもってよく食器を落とすよね。こういう木製のもののほうがいいかな？

でも、少し大きめだし……子どもが使うような、小さいのはないの？

……こうして客として見ると、子ども用って少ないんだな。

フォークやナイフ、スプーンも、よく見ると大きいものしかない。

作ったら子どものいる家庭に喜んでもらえるかも。

フォークやナイフの鋭い部分は、少し丸めて危なくないようにして……

うん。家に帰ったら作ってみよう。

鍛冶のことを考えたらテンションが上がってきた。

食器屋さんを出て、再びお店を見て回る。あ、可愛い看板を見つけた。布屋さんのようだ。

中に入ると、様々な生地を取り扱っていることがわかった。

無地の他にも少し色づけされた布や、絞り染めされた可愛いガーゼ生地がある。

「最近仕入れたんですよ。素敵でしょう？」

店員さんが出てきて、話しかけてきてくれる。私はその人に尋ねた。

「染めに使っているのは何ですか？」

「これは、玉ねぎだそうです。綺麗な黄色ですよね。それから、こっちはナス。ミントに、ローズマリー。仕入れ先の村でいろいろ試しているんですって」

「へぇ……」

草木染めかぁ。それなら、赤ちゃんが使っても大丈夫かな？

移動中によだれかけを作ってみようかな？

実は、前世で友人の赤ちゃんに作ったことがあるんだよねぇ。

あの時はとても喜んでもらえたから、きっとキリスさんも喜んでくれるだろう。

後ろを止めるマジックテープはないから、ボタンにしよう。明日までに完成できるといいけど。

完成できなかった時のことを考えて、念のため、他のプレゼントも探しておこう。

んーいい店ないかなぁ？　あ、ここは、雑貨屋さんか。入ってみよう。

中には、布でできたぬいぐるみが数点置いてある。

手触りは少し硬めかな？　これ、さっきの店の草木染めと同じ布みたいだ。

よだれかけが間に合わなかった時のために、これも買っておこう。

追加料金を払ってプレゼント用に包んでもらうことにし、支払いをする。

ふと、自分が持っている大量のお金に意識が行く。これで孤児たちをどうにかできないかな？

生きるために必要なもの、食事。衣類。住処。

それから、大人になった時には職につかなければならないだろう。彼らは十分な教育を受けていないから、そのほとんどが冒険者になるそうだ。

中には、裏の世界に足を踏み入れてしまう子もいるんだとか。

あの町の孤児だけでも、数十人はいた。この国全体となればもっと多いだろう。

今、私の持っているお金は神様から渡された約二億B。貨幣は日本とほぼ同価値なので、一生遊んで暮らせるくらいの財産だ。この世界に来て剣や防具を売ったお金はギルドに預けているので、もう少し多いかもしれない。

個人で持つには多く、この国全体の孤児をどうにかするには少ない。

「どうしようも、ないのかな？」

旅立つ前はあんなにワクワクしていたのになぁ。なんだかモヤモヤした気持ちを抱えながら、店を出る。

ここでも孤児たちを見かけたので、食べ物や武器を渡した。

前の町の子たちよりも、少し私への疑いが晴れるのが早かったような気がする。

……どうしてだろう？

もしかして、他にも同じようなことをした人がいたのかもしれないなぁ。

そう思いながら、私は宿に戻るのだった。

そうして七日目。今日はついに王都に到着する予定だ。

馬車での移動は今日が最後なので、道中で作り上げたよだれかけをネビルさんに見せる。

「何これ？」

「キリスさんへのプレゼントに、赤ちゃん用のよだれかけですよ。赤ちゃんのよだれがすごい出る時は、服を着替えさせるよりも、これをつけて交換するほうが楽なんです。よだれはこまめに拭いてあげないといけないので、これを使えば肌のかぶれ防止にもなるんです」

ネビルさんは、よだれかけをまじまじと見ている。この世界では一般的ではないのかな？　と不安になって、使い方まで説明した。

「ふーん……こんなのがあるのか」

意外にも、ネビルさんは真剣に最後まで話を聞いてくれた。そしていそいそとよだれかけとプレゼントを仕舞い込む。

……ちゃんと、キリスさんに私からだって伝えてくれるだろうか？

やがて馬車は王都に着いた。ネビルさんとはここでお別れだ。

ネビルさんを送るため、オニキスとオパールに頼んで道を作ってもらう。するとネビルさんが突然話しかけてきた。

「あのさ」

「はい？」

「王様に会うなら、その時に言えばいいんじゃない？」

「え……？」

どういうことだろうと首を傾げていると、ネビルさんは続ける。

「孤児のこと。王様だって、これだけ眷属様を連れた人の言うことなら、少しは耳を傾けると思うよ」

「あ、待って……」

「それじゃあね！」

私の言葉を遮り、言いたいことだけを言って、ネビルさんは道に飛び込んだ。

ネビルさんなりに、この国の孤児たちの様子は気にかかっていたのだろう。

「そうか、その手があったんだ」

王様に会うということは、この国の最高責任者と直接話す機会があるということだ。

かすかな光が見えた気がした。

ただマルクさんに言われたから王様に会うだけの旅だったけど、やるべきことができた。

沈んでいた気持ちが、少しだけ上昇する。

「いよいよ、会うんだね」

「緊張してるの？」

リクロスに問われて、私は頷く。

「うん。偉い人に会うのって、なんだか怖くて……」

偉い人と聞くだけで、自分の言いたいことや都合のいいことだけを並べて、言い返そうとすれば威圧する、昔の上司や社長を思い浮かべてしまう。

そう言うと、リクロスはクスクスと笑った。

「神様っていう、一番偉い人に会ってるのに？」

「あ、そうか。そうだよね」

リクロスの一言で、少しだけ気持ちが楽になった。

そうだよ。それに、あのマルクさんのお兄さんなんだもの、きっと大丈夫だ。

「それに、僕も一緒にいるんだから」

「あ、ありがとう」

リクロスの言葉に、顔が赤くなるのを感じる。

――僕も、いるよ。

――私もいますわ！

――わしもおるで！

――オニキスも！　オニキスも!!

――オパール、メリア様と一緒。いる。

さらに後押しするように、皆も声をあげてひっついてきてくれる。

よし、じゃあ行こう!!

第九章　王族と思惑

「それでは、アンジェリカはまた好き勝手に城下町に出ていたのか？」

「はい。そのようで」

バレないように自らの唇をギリッと噛みしめながら、フリューゲル王国の第一王女サランベーラは、末の妹であるアンジェリカの愚行の報告を聞く。噂の絶えない彼女は、腹違いの妹だ。

正妻である母を持つサランベーラや、社交界の妖精と名高い二番目の妹とは違い、末の妹は側室が育てた。

側室に、父である王は甘い。そして、その娘であるアンジェリカも溺愛しているのだ。

そんな自身の立場を、アンジェリカは理解しているのだろう。耳に届くのは、他の貴族が専属にしようと狙っていた職人を、王の権力を利用して横から奪ったなどという苦情ばかり。

しかも最近は、職人だけではなく孤児にもちょっかいをかけているという噂まで広まっている。

孤児に近づいて、どうするつもりなのだろう?

サランベーラが思い出すのは、自身を見つめる窪んだ目。何も期待していない無気力な態度と、ガリガリに痩せた体。

哀れだと思い、その体に触れようとした瞬間、恐ろしいほどの殺意と不信に満ちた瞳ではねのけられた。あれは、完全な拒絶であった。

嫌な記憶に歯噛みし、サランベーラは報告してくれた令嬢に言う。

「孤児たちは受け入れぬだろうよ」

「そうですよ！　サランベーラ様にも暴言を吐くような、しつけのなっていない子たちですわ」

「王族を侮辱したにもかかわらず、サランベーラ様の温情でなんの罰も与えられなかったのに感謝もしなかった恩知らずたち！」

他の令嬢たちも、声を荒らげて同調した。

アンジェリカは、どのように彼らに近づいたのだろう？

自分と同じように拒否されたのだろうか？　それとも……

いや、彼女のことだ。

どうせ、自ら赴いたにもかかわらず、汚らわしいと言って彼らを拒んだに決まっている。

あれは美しいもの、高価なものを好み、それらを側に置くために専属の職人をたくさん抱えているのだから。

いつも側に寄り添い、話しかけてくれる令嬢たちの会話に耳を傾けながらも、サランベーラの心はどこか空虚だった。

「……ベーラ様？　サランベーラ様？　どうなさいました？」

「いや、なんでもない。だが、気分がすぐれないのでこれで失礼させてもらう」

自身が去ることを惜しむ令嬢たちに一声かけて、集まりの場であるサロンを抜け出す。

廊下を歩いていると、何やら誰かが話している声が聞こえてきた。

「なんですって、アーロゲント卿が？」

「はい。商人に代理として行かせていたそうで……」

「契約はしてしまったの？」

「それが、マルク様が間に入られたようで」

「マルク叔父様が？」

よく聞くと、聞き覚えのある声だった。妹のアンジェリカと、もう一人は使用人のようだ。

アンジェリカは身を乗り出して、使用人に言う。

「では、例の者はもうすぐこの城に来るのね」

「はい。ですが、陛下がお呼びになられたお方。早々に訪ねに行かれないほうが……」

「あら、誰にものを言っているの？　わたくしは、この国の王と、王に最も愛されている妃の娘よ。わたくしが何をしても、お父様は罰したりしないわ」

「は、はぁ……ですが」

「もういいわ。教えてくれてありがとう」

話は済んだとでも言うように、アンジェリカはサランベーラのいるほうへと歩いてきた。

「あら、お姉様。ご機嫌よう」

「機嫌がいいように見えるか？　アンジェリカ。また城下町へ行ったそうだな」

「ええ、まぁ。ところで見てくださいな、このドレス。素敵な刺繍でしょう？」

そう言って得意げに見せてくるドレスは、確かに細かな刺繍が美しく、アンジェリカの容姿に合っていた。

サランベーラは、厳しい表情で言う。

「また専属の職人に作らせたのか？」

「彼らがどうしても作りたいと申すものですから。ありがたくご厚意に甘えましたの」

彼女がそう言って髪を靡かせると、小さくも存在を主張するピアスが目に入った。

アンジェリカの服装にぴったりで、細工師の腕のよさがよくわかる。

いつも、そうやって自身の専属職人に作らせたものを自慢げに見せ、「お姉様のお気に召したなら作らせましょうか？」と問うてくるのだ。

サロンにいた令嬢たちも、第一王女であるサランベーラの機嫌を取ってはいるが、流行りものを惜しみなく持ち、腕のいい職人を専属で抱えるアンジェリカのことが気になって仕方ないのはわかっている。

けれど、これだけの代物を作らせるには、かなりの金額がかかったはずだ。

妹の金遣いの荒さに、思わず眉をひそめた。

「全く、国庫の無駄遣いを……」

「お言葉ですが、お姉様。職人の腕が上がれば、その分、国は潤いますわ。それに、お父様の許しも得ております」

「……そうか。ならば、私はこれで失礼する」

「ええ、わたくしも、この新しいドレスを皆様にお見せしなくてはなりませんので、これにて失礼いたしますわ」

ふふんと勝ち誇ったようにドレスを翻し、去っていくアンジェリカ。

サランベーラはその後ろ姿を見送りながら、自らの拳をキツく握りしめていた。

マルクさんから預かった手紙を、リクロスが城門で門番さんに渡す。

するとすぐに門番の一人が走っていき、しばらくしてマリアンさんを連れて戻ってきた。

「よくお越しいただきました。こちらへどうぞ。少し距離がありますので」

そう言って案内されたのは、一頭の馬が引く小さな馬車だった。屋根もついておらず、装飾もない。

私たちが乗り込むと、マリアンさんが御者席に座り、馬車を走らせた。

お城ってもっと緑が多いイメージだったけれど、白い彫刻のようなものが数点飾られ、噴水がある以外、花も木も植えられていなかった。

十五分くらいで馬車が停まり、マリアンさんが城内へと案内してくれる。

白い壁に赤い絨毯。額縁で彩られた花が描かれた絵画が廊下に飾られており、とても華やかに見える。

「メリア様の部屋はこちらでございます。ゆっくり旅の疲れを癒してください。リクロス様はあちらです」

そう言ってマリアンさんは、ある一室に案内してくれた。

一室と言っても、メインルームに応接用のテーブルとソファがあり、隣の部屋へと続く扉がついている。その扉を開けると、さらに四つの扉があった。一つ一つ開けてみる。

一番端はお風呂だった。浴槽は泳げそうなほど広い。二つ目はトイレだ。トイレにしては広めの部屋にちょこんと置いてある洋式便器は、なんとなくシュール……。三つ目は衣装室？　何も置かれていない。四つ目は寝室のようだ。このベッドの大きさは、キングサイズと呼ばれるやつだろうか？

ホテルのスイートルームってこんな感じかな？

大体見終わったので、最初に通されたメインルームに戻る。

そこには、ソファにもたれて座るリクロスの姿があった。

まるで自分の部屋のように足を組み、くつろいでいる。

「リクロス」

「こっちもあちらと同じ感じだね」

「じゃなくて、来るならノックとか……！」

少し文句を言うと、一瞬空気がピリッとしたように感じた。

「ああ、ごめんね。あまりメリアと離れたくなくて」

「え、それって……」

ドキッとする私に、リクロスは淡々と続ける。

「マルクにはメリアを守ろうとする姿勢が見られるから信用できる。でも、ここのやつらは違う。信用できない」

「リクロス……」

リクロスはマルクさんに言われたからここにいるけど、一族を忌み嫌うような人たちのもとにいたら、疑いたくなるのもしょうがない。そう思うと、何も言えない。

「そんな顔しないで。話はちゃんと聞くし、夜は自室に戻るから」

私の考えがわかったのか、リクロスは苦笑してそう言った。

「う、うん……」

でも、そうじゃないんだ。

私、少し浮かれていたの。リクロスと旅行してる気分だったの。

だから、少し、リクロスから離れたくないって言われてドキッとしたの。

でも、内緒だ。だってここへは、私が平和に暮らせるようにと、マルクさんたちが取り計らってくれたから来たのだ。

今はそんな場合じゃないんだってわかったから。

リクロスが部屋に来てから、数分もしないうちにマリアンさんがやってきた。

「失礼します……リクロス様、こちらにいらっしゃったのですね」

マリアンさんは入ってくるなり、リクロスがいることに目を瞬かせる。

しかし、すぐに何事もなかったように表情を戻して、ここに来た理由を教えてくれた。

「お泊まりになられる間、お世話をさせていただく者を連れて参りました」

そう言ってパンパンと手を叩くと、「失礼します」と六人の女性が入ってきた。

マリアンさんの後ろに並んで頭を下げた女性たちは、どの人も品がありそうだけど、私を見る目は前世の会社の人と同じ。私を見下している冷たい目だ。

それに対してリクロスには頬を赤らめ、見るからに媚を売っているようである。

「…………」

マリアンさんは何も言わずとも察してくれたようで、六人の女性たちを見てため息をついた。

「はい。こちらの選別ミスのようです。……あなたたち、もういいわ。下がりなさい」

「で、ですが！」

六人の女性たちはカッと顔を赤くして言い訳しようとする。

しかしマリアンさんは聞く耳を持たず、ぴしゃりと言い放った。

「仕えるべき方に対してする表情ではなかったと、自覚もないのですか？」

「っ！　そのようなことは！」

女性たちはなおも食い下がろうとするが、マリアンさんは険しい表情を崩さない。

「部屋の主人の前で言葉を荒らげ、私に対して口答えをする。その時点で失格です。もう一度言います。下がりなさい」

「……っ！　失礼します」

彼女たちが出ていくのを見届けたマリアンさんは、すぐに私たちに頭を下げる。

「申し訳ありません」

「いや、城の使用人ともなれば、下級とはいえ貴族だろう？　僕やメリアのような身分の低い者を見下すのも無理はない」

リクロスはそう言ってため息をついた。

「私たちの教育不足ですわ。メリア様たちは、身分は高くなくとも王がお招きした賓客。それを知っていながらあのような態度をとるなど……本当に申し訳ありませんでした」

頭を下げたままのマリアンさんを、リクロスが試すような目で見る。

「それで、どうするの？」

「そうですね……。不自由をおかけするとは思いますが、私がお二人にお仕えさせていただければと思います」

「わかった。それでいいよ。不快な視線にさらされるよりはマシだしね」

「ありがとうございます」

マリアンさんの提案をリクロスが受け入れ、どうやら丸く収まったようだ。私はそれにホッとしつつ、口を開く。

「あの、マリアンさん」

「はい。なんでしょうか？」

「もちろんでございます。部屋で自由に遊んでもらっていいかな？」

「もちろんでございます。眷属様に相応しい寝所の準備もさせますね。それに、お飲みものもすぐにお持ちします」

「はい……お願いします」

一礼して去っていくマリアンさんの姿に、ふぅとため息がこぼれた。

「あれ、わざとだよね？」

私の問いに、リクロスは頷く。

「だろうね。あの態度から見るに、マリアンはそれなりに身分の高い使用人なんだろう。その彼女が最初から僕らの面倒を見るとなると角が立つ。だけど、あちらのミスで信用のおけない使用人を配属しようとしたから自分がフォローに入るという形にすれば、角が立たない。うん、よく考えたね」

「多分、眷属たちのことを隠すためにも、対応してくれる人は少ないほうがいいもんね」

「そうだね。そういう意図もあったんだろう」

さてと、お許しも出たし、窮屈な籠から皆を出してあげよう。

「この部屋なら好きにしていいって。でも、調度品は高そうだから壊さないようにね」

――よっしゃ。久々に元の大きさやわ。

――本当に。あの姿、肩が凝りますの。

早速元の大きさに早々に戻ったルビーくんとアンバーは、部屋の中をぴょんぴょんと飛び回っている。

ずっと私の腕の中で大人しくしていたオニキスを持ち上げると、クークーと寝息を立てて眠っていた。どうりで妙に静かなわけだ。部屋の日当たりのいい窓辺に、オニキスをそっと下ろす。全く起きる気配がなく、熟睡しているようだ。

フローは変わらず、私の腕にひっついたまま。

オパールも、私のポケットから出てこようとしない。オパールにはそっと声だけかけて、頭を撫でてあげる。

「あ、マリアンさんに、セラフィとラリマーも呼んでいいか聞かなくちゃなぁ」

「そうだね。彼らは大きいし、どこか庭の一角を借りられるといいね」

「うん！　……それにしても、村と王都ってこんなに違うんだね。自然がほとんどなくてビックリしちゃった」

その言葉が聞こえたのだろう、アンバーが私のほうへとやってきた。

――仕方ないのです。私たちの力はほとんど浄化に昇華されて、他のことに使う余裕がないのですわ。

「浄化、って汚れてるってこと？　その汚れってどこから来るの？」

――魔物は穢れた大地から生み出され、この地に放たれていますの。

「穢れた大地って、前に水の神獣様も言っていたような……？」

私がそう言うと、リクロスも疑問を持ったようだ。

「魔の島よりさらに先にある、魔物が生み出される地のことか？」

「そんな場所があるの？」

「ああ、僕ら魔族が追いやられた魔の島という場所は、魔物が大量に来るからとても危険なんだ。水も汚染されているから、魔造具を使って飲めるようにしているんだよ」

――穢れた大地の力の源は、人の負の感情ですわ。その感情が流れつく場所が穢れた大地。神様のお力も届かぬ場所なのです。

リクロスの言葉にアンバーが補足してくれるけれど、私はまだ首を傾げてしまう。

「人の負の感情？」

――そうや。せやから人が多くてドロドロした欲望が多いこういう場所やと、わしらの力はそこまで強くない。半分以上が浄化にとられてしまうからなぁ。

――それでも、人が使う魔法よりかは遥かに強いですけれどね。

ルビーくんの説明にアンバーが付け足す。なるほど、少しわかってきた気がする。

「じゃあ、こういう場所だと、皆にはあまり頼らないほうがいいの？」

そう尋ねると、フローとアンバー、目を覚ましたオニキスがすかさず反対する。

――だめ！　頼って!!　僕ら、ご主人様の力になることを望んでるの！

――そうですわ！　お一人でなんとかしようとしてお怪我をされるほうがずっと辛いのです！

――ご主人、だめ！　だめ!!

「わ、わかったよ」

皆の負担になるならと、思っただけなんだけど……

まだ憤った様子でこちらを見つめる子たちに、私は思わず微笑んだ。

「皆、ありがとうねぇ」

それくらい、私のことを思ってくれているってことだもんね。

一匹ずつ頭を撫でながら、リクロスに眷属たちから聞いた内容を伝える。

「なるほど、そういうことか……」

「うん。それにしても、マリアンさん、遅いね」

「そうだね」

お茶を淹れてくると言って下がったまま、もう結構な時間が経ったよね。

そう思って、彼女が出ていった扉のほうを見つめていると、勝手にガチャリと開いた。

「失礼するわ！」

バーンと効果音がしそうなほど堂々と、そして勢いよく入ってきたのは、濃いピンクの縦ロールに美しい刺繍の入ったドレス姿の女性だった。人形のように整った顔だ。

彼女はリクロスを指さして、ズカズカと近づいてくる。

「あ、あなたね！」

「……突然入ってくるなんて、どこの無作法者かな？」

「あら、失礼。わたくしの顔も知らない田舎者でしたわね。わたくしはアンジェリカ。この国の第三王女よ」

「それで、僕になんの用？」

「その前に、これを作ったのはあなたで間違いないかしら？」

そう言って見せてきたのは、私が作った『猫の目亭』のイベント用の皿だった。

リクロスは眉根を寄せて、彼女に聞く。

「どこでそれを？」

「最近、この王都で素晴らしい剣や防具が出回っていると噂になっていたから、探らせましたの。そうしたら、ある場所へ向かう商人が扱っていることがわかりましたので、配下にお願いしてその村へ向かわせたのですわ。すると、この細工の施された皿を、ある宿のイベントで手に入れてくれましたのよ。ねえ、それであなたがこの皿を作った方で間違いないかしら？」

リクロスにそう問う王女様に、ルビーくんが声をかける。

――その皿は、わしと主さんの作品やで！　そいつとちゃうわ!!

「キャッ！　何よ、このネズミっ!!」

眷属との絆がない王女様には、チューチューと鳴く大きな鼠に見えたのだろう。彼女は足元にいたルビーくんをはねのけようと、足を上げる。

「危ないっ！」

咄嗟にルビーくんを抱えるように庇うと、ガンッと背中に音がして痛みが走った。王女様の蹴りが背中に当たったらしい。

「つう……」

「メリア！　大丈夫か!?」

リクロスが心配して駆け寄ってきて、私の体を起こしてくれる。

「な、なんなんですの⁉　ネズミ風情を守るなんて、頭がおかしいんじゃありませんの」

その言葉にルビーくんが反応し、オニキスも王女様に襲いかかる。

——何やと！　このっ‼

——ご主人に何をする！　何をする‼

「きゃあ‼」

「オニキス！　やめて！」

背中の痛みを堪えながら、私はオニキスを止めた。

——でも！　ご主人、怪我！　怪我！　した！　させた‼

「大丈夫だから……ね？」

——ムゥ。ムゥ。

「いい子」

オニキスが大人しくなって、ホッとした瞬間。

「このっ、無礼者‼」

王女様の声が響きわたり、パァンと音がした。

頬が熱くなって、じわじわとした痛みが広がる。ああ、叩かれたんだ。

「ここをどこだと思っていますの⁉　王の住まう王城ですのよ！　そこに、このような躾のなっていない家畜を入れるだなんて、あなた、どういうつもり‼　しかも、この、第三王女であるわたくしまで傷つけてっ‼　どう責任をとるおつもりなの‼」

そう言ってこちらを睨みつける王女様の髪は、オニキスのせいでぐちゃぐちゃだった。

「……ごめんなさい」

「謝って済むと思っていますの？　どうせ、鍛冶師の付き添いで来た弟子か何かでしょう⁉　あなたの首なんてすぐに飛ばせますのよ」

甲高い声をあげる王女様に対して、リクロスが重々しく口を開く。

「……違うよ」

「は？」

意味がわからないと言わんばかりの彼女に、リクロスは淡々と告げる。

「僕が付き添い。鍛冶師はこの子。メリアだ」

リクロスは私の唇にハンカチを優しく押しあてる。ハンカチには赤い血がついていて、殴られた時に口の端を切ったのだとわかった。

「え、ええ……？　嘘……この、子が……？　マルク叔父様がわざわざこの城に招待するほどの腕を持つ……？　嘘……」

王女様は顔色を変えて、恐る恐る問いかけた。

「じゃ、じゃあ、あなたは⁉」

「だから僕は、彼女の付き添いだ」

「う、嘘……」

言葉をなくし、ブルブルと震え出した王女様。けれどすぐに、スッと表情を変えて口を開こうとする。

その時、マリアンさんが「何事ですか⁉」と乗り込んできた。

部屋の有様、眷属(けんぞく)たちの厳しい視線、何より、私と王女様を見てマリアンさんは悟ったのだろう。

マリアンさんは険(けわ)しい顔で王女様を見る。

「アンジェリカ様、これはどういうことです？」

「……そこの家畜がわたくしに襲いかかってきたのよ。それで、躾(しつけ)がなってないと、わたくし自(みずか)らがお仕置きを……」

「この方々は、陛下のお客様です……！　しかも、この区画は許可された方以外は立ち入り禁止になっていたはずですが？」

「……わたくしは王女よ」

「陛下が決めたことは、王女様であっても従わなければなりません！　誰か、誰か来て‼」

マリアンさんが叫ぶと、ドタドタと重い足音と、カチャカチャと金属が擦れる音が聞こえてきた。

「何事ですか！」

重装備の兵士たちが数人、部屋に入ってくる。マリアンさんは冷たい声で言い放った。

「アンジェリカ様が陛下の言いつけを破り、賓客に怪我を。アンジェリカ様を陛下のもとへ。それと王宮医師を呼んでください」

「わかりました。すぐに手配します。……アンジェリカ様、どうぞ、こちらへ」

「……わかりましたわ」

王女様は眉間にシワを寄せ、何か言いたげな様子でこちらを一度見たけれど、そのまま重装備の兵とともに去っていった。

「申し訳ありません、私が席を外したばかりに……」

マリアンさんは私の側にしゃがみ込み、私の顔の傷を確かめながら申し訳なさそうに言う。

「いえ……」

——主さん、ごめんな。わしが余計な口を挟んだから。

「ううん。あのお皿は、ルビーくんと私が一緒に作ったものだもんね」

——大丈夫ですか？　主さま。

ルビーくんに声をかける私の顔を、アンバーが心配そうな目で覗き込んでくる。

「大丈夫だよ。ん、っ……」

アンバーや、他の子たちを安心させるために笑おうとしたのだけど、唇の端がズキンと痛んでうまくできなかった。

「何か、冷やすものを」

そう言ってマリアンさんが立ち上がると同時に、フローが声をあげた。

——それなら！

フローがシャーと鳴くと、水の玉のようなものが宙に浮かんだ。

リクロスが先ほどのハンカチをその中に入れ、少ししてから取り出して私の頬に当てる。

冷たくて、気持ちいい。

「ありがとう、フロー、リクロス」

「いや、すぐ側にいたのに、守れなくてごめん」

「ううん。リクロスが出てきたら、もっとややこしくなってたかもだし……」

「メリア様、医師が参りました」

マリアンさんに促され、診てもらう。医師の見立てによると、「三日もすれば治るだろう」とのことでホッとする。

そんな私に、マリアンさんは深々と頭を下げた。

「メリア様、眷属様方、誠に申し訳ありませんでした」

「い、いえ。大丈夫ですよ……」

大事になってしまって恐縮する私の横で、リクロスは不信感いっぱいにマリアンさんを見ている。

「このあと、どうするつもりなのかな？」

「アンジェリカ様の処遇は、陛下がお決めになります。決まり次第、お二方にはお伝えさせていただこうと思います」

「そう、わかった」

「それでは、陛下にもメリア様の怪我の具合をお伝えせねばなりませぬゆえ、失礼します」

そう言ってマリアンさんとお医者様は去っていった。

執務室で仕事を行(おこな)っていたフリューゲル王国の王のもとに、その知らせが届いたのは三ヶ月ほど前のこと。

田舎(いなか)の村の村長になり、この城から去った弟から手紙の返事が来たのだ。

弟が王位継承権を放棄したと聞いた時、自分が弟の人生を奪ったようで辛(つら)かった。

だから王となった時、引退した父より弟は王座を争いたくなくて自(みずか)ら身を引いたのだと聞き、ホッとした。

それだけでなく、戴冠式(たいかんしき)の時に弟がわざわざ会いに来てくれて、気持ちを伝え合ったことで、今ではお互いよい関係を築けていると思っている。

そんな大事な弟に最近噂(うわさ)の鍛冶師(かじし)について聞いたら、返事にはあり得ない報告ばかり書かれていた。王は頭を抱えた。

その謎の鍛冶師(かじし)は、なんと少女らしい。その上証拠として同梱(どうこん)されていた剣は、ただの金属剣だというのに、この王都のどの鍛冶師(かじし)の品よりも素晴らしいものだった。

それだけであれば、王専属の鍛冶屋(かじや)とすることで他の貴族たちを遠ざけて、彼女を守ることができる。

　しかし、そこに綴られていたのは、魔族の青年との交流があるということ。

　複数の眷属様がその一人の少女にずっと付き添っているという事実。

　それらすべてを考慮すれば、自分が直接会ってみるべきだ。

　だが、王がそう簡単に外へ行くことはできない。なので信用できる直属の部下を使うことにした。

　その部下からも一度会うべきだと報告を受け、少女を城へ招待することにした。

　そこまではよかったのだ。そう、そこまではよかった。

　部下から少女が到着したという報告を受け、長旅の疲れを癒してもらってから謁見する日を定めようと考えていた。

　だが、まさか、来訪した初日にアンジェリカが問題を起こすとは思いもしなかった。

「失礼します。アンジェリカ王女をお連れいたしました」

　入ってきた彼女の髪は、普段はきっちりと整えられているのに乱れており、職人たちが苦労して仕立てた服もシワが寄っている。

　ここに来る前に何かしらの騒ぎがあったことは、誰が見ても明らかだった。

「お父様」

「アンジェリカ。お前は俺の言いつけを破ったそうだな」

「っ！　わたくしはいつものように勧誘をしようとしただけですわ」

「では、なぜそのような事態になった。この俺が呼んだ職人に怪我をさせたと聞いたぞ」

「それは、この王宮に害獣を持ち込んでいたから……」

「俺が直接許可を出した」

「どうしてですの！」

「彼女の連れている動物たちは眷属様だ」

「……え？」

アンジェリカは先ほどまでとは打って変わって青ざめ、ブルブルと震え出した。

そんな彼女に、自室での謹慎を告げる。だが、それを遮る者がいた。

執務室の扉が勢いよく開き、入ってきたのは王妃――第一王女サランベーラの母である、正妃であった。

「お待ちください、陛下」

「王妃……」

予想外の来客に唖然とする王に構わず、王妃は言う。

「アンジェリカは、陛下直々に招かれた客人のもとを許可なく訪れただけでなく、その客人に手を上げ、眷属様までをも家畜とけなしたとか……。そんな彼女を自室謹慎で済ますのはいかがなものでしょうか？」

「なぜ、眷属様だと？」

「申し訳ありません、アンジェリカが騒ぎを起こしたと聞き、駆けつけたのですが……先ほどの話、扉の向こうで聞いてしまいましたの」

王妃は笑顔で謝るが、その目は笑っておらず、アンジェリカを冷たい眼差しで見つめている。

それに気づきながらも、王は王妃の意見を尋ねる。

「ふむ。ではどうしろと？」

「北の塔にて軟禁を要求します」

「北の塔だと？　身分の高い犯罪者が入る牢ではないか」

王は思わず目を見開くが、王妃は淡々と頷く。

「はい。そこが相応しいかと」

「そんな、王妃様！　わたくしはっ！」

アンジェリカが縋るような目で見てくるが、王妃はぴしゃりと言う。

「お黙りなさい！　陛下もそれでよろしいですわね」

愛する娘を牢に入れるなんて、考えられない。だが、アンジェリカが特別な少女を傷つけ、眷属様を侮辱したのは事実。王族であっても許されないことには変わらず、王妃の意見はもっともだ。

眷属様への謝罪を示し、魔族の青年に誠意を見せる必要もある……ここは父としてではなく、王として決断を下さなければならない。

「わかった」

「お父様！　王妃様!!」

「連れておいき」

悲痛な叫びをあげながら連行されていくアンジェリカを断腸の思いで見送り、王妃と向き合う。

「それで、王妃はあの少女が眷属様を連れていると知って、どうするつもりだ?」

「何もいたしませぬ。王がわざわざお呼びになったのです。その決定に従うつもりですわ」

「……そうか」

「ええ。御前を騒がし申し訳ありませんでした」

頭を下げて去っていく王妃から、甘く、普段嗅ぎ慣れない匂いがする。

香でも変えたのだろうか？　そんな疑問がふと頭を過る。

まあいいかと頭を切り替え、少女に謝罪の品を贈るよう部下に伝えたあと、王はまた溜まっている仕事に戻ったのだった。

アンジェリカ王女といろいろあった、翌日。

昨晩は宣言通り自室に戻ったリクロスだったけれど、朝起きたら、既に私の部屋の応接室のソファに座り、優雅にお茶を飲んでいた。朝日がリクロスの銀色の髪を照らし、キラキラと輝いている。

「おはよう、メリア」

「お、おはよう」

おかしい。これまで何度もリクロスを家に泊めたことがあるのに、なぜかここだと顔が熱くなってしまう。

そんな私の様子を心配して、アンバーたちが寄ってきてくれた。

——主さま、どうかされました？

——傷、痛い？

オパールが私の頬に触れ、心配げに大きな瞳を震わせる。

「大丈夫。それより、それは朝食？」

「そうだよ。昨日の夕食もすごかったけれど、王室ともなれば、新鮮な野菜でも、果物でもなんでも手に入るようだね」

本来ならば食堂へ案内されるはずだが、昨日の騒ぎもあり、私たちは自室で食事を取りたいと頼んだのだ。

テーブルの上には、見るからにおいしそうなクロワッサンに、新鮮なサラダ、スクランブルエッグとソーセージ、スープ、ヨーグルト、綺麗にカットされたフルーツなどが並べられている。

眷属の分も含まれているかもしれないが、二人分にしては量が多い。

飲みものは、マリアンさんが持ってきてくれたらしい。

そうこうしていると、マリアンさんがワゴンを引いて部屋に入ってきた。

「メリア様、おはようございます」

「おはよう、マリアンさん」

マリアンさんに給仕を受けながら、皆とともに食事をして食後のお茶を楽しむ。

そうして、一段落つくとマリアンさんは片づけのために退出した。

「何かあったらこちらを鳴らしてください」と、ベルのようなものを置いて。

マリアンさんが出ていったことを確認して、リクロスが口を開く。

「もういいよ」

すると、何もない場所からリュミーさんが姿を現した。

驚く私に、リュミーさんは苦笑しながら「あなたがくれたこれのおかげですよ」と腕につけているブレスレットを見せた。

そうか、あのブレスレットなら、存在自体も隠すことができてしまうのか。

……渡したアクセサリーをすぐに使いこなしすぎだと思う。

「昨日のあの王女様のことが気になってね。リュミーに探るよう伝えたんだよ」

リクロス、いつの間に。私が驚いていると、リュミーさんが報告してくれる。

「使用人の噂（うわさ）を集めてみたのですが、あの娘は本人が言うように、第三王女アンジェリカで間違いありませんでした。彼女は、正妃ではなく、現在王のご寵愛（ちょうあい）を受けている側室の第二王妃から生まれた子どもだそうです。教養やマナーの授業は自分がしたいものしか受けない。欲しいものは王家の権威で奪い取る。自身の行い（おこな）がどういう結果を招くかもわからない、我儘（わがまま）姫だと聞きました」

なるほど、そういう人なら、昨日の態度にも納得だ。私が頷いている間にも、リュミーさんは話し続ける。

「あの豪華絢爛な服は、自身が無理やり専属にした職人たちに作らせているそうです。ただ、結果的にこの国のファッションの流行を作り出しており、王妃が産んだ第一王女や第二王女には疎まれているそうです。また、王はこの娘をたいそう可愛がっており、第三王女に関する苦情は握り潰しているとか……」

「その噂は、どこから？」

リクロスが尋ねると、リュミーさんはすぐに答える。

「第一、第二王女の使用人からです。ただ、第三王女の使用人は、彼女を敬愛しているように見えました。あと、気になることが……」

「なに？」

リクロスに促されて、リュミーさんは再び口を開いた。

「最近第三王女は、王都や近隣の町に出向いて、孤児のところへ行っているそうです」

「孤児のところへ？」

リクロスが問い返すと同時に、私も驚きながら、リュミーさんの話の続きに耳を傾ける。

「はい。少し気になるため、私は城を離れ、孤児や専属の職人に王女のことを聞いて回ろうかと」

お側を離れるのは心苦しいのですが……と言うリュミーさん。

そんな彼にリクロスは、「いざとなったら城を壊して脱出するよ」と、なんてことはないというように言ってのけた。

「ならば大丈夫ですね」

リュミーさんはそう返し、部屋のバルコニーから出ていってしまった。

なんだかとんでもないやりとりをしていたような……とリクロスを見るけれど、彼はあっけらかんとしている。

「リュミーのことだ、三日もすれば情報を手に入れて戻ってくるよ」

「うん。でも、お願いだから城は壊さないでね？」

「向こうの出方次第、かな？」

悩むことなく言うリクロスに、先が思いやられる。私ははぁとため息をついた。

その後、マリアンさんとともに王様の使者が来て、謁見は私の傷が癒えてからのほうがいいだろうと言われた。医師が完治と告げるまで、謁見は延期だそうだ。

また、お詫びの品ということで、オーダーメイドのドレスがもらえることになった。

ドレスを作るため、くまなく寸法を測られたんだけど……職人さんが何か言いたげだったのが少し気になった。

ちなみに、リクロスにも洋服が贈られることが決定していたらしく、彼も職人さんに寸法を測られていた。角に触られて魔族であることがバレないかと、私は終わるまで冷や冷やしながら見守っていた。

けれど、リクロスは慣れた様子で平然としていて、職人さんが帰ったあとに「メリアってば、ビクビクしすぎだよ。そんな簡単にはバレないから」と笑われてしまう。

そのあとマリアンさんに、セラフィとラリマーを呼んでいいか、ようやく尋ねることができた。

構わないという返事をもらったため、オパールとオニキスに頼んで迎えに行ってもらう。

私の傷を見た二匹は案の定怒った。けれど医者に診てもらっているなら自然に治すほうがいいだろうと、セラフィの癒しの力は使わないことに。

セラフィ曰く、「妾が治すからと、妾の主はすぐ無茶をするようじゃ。それくらいならお灸を据えるのにちょうどいいわ」とのこと。

しばらくして、緑溢れる自由な家から来た二匹にとっては、広い客間も耐えられなくなったらしい。何かあれば呼んで！　と早々に帰ってしまった。

それでも、一週間以上会っていなかったので、彼らに会うことができて私はほっとした。

城に滞在して三日目。何もない場所で一日を過ごすのがこんなに苦痛だとは思わなかった。

家だと、洗濯や料理、ダンジョン、鍛冶と、毎日いろいろなことをして過ごしていたから、こういう時の時間の使い方がよくわからない。

オニキスやアンバーたちも、普段庭で走り回っているだけに、お部屋の中でじっと過ごすのはしんどそうだ。

「皆だけでもオパールの力で家に戻って、お庭で遊んでくる？」

——お、いいんか？

ルビーくんは乗り気になったけど、オニキスやアンバーは首を横に振る。

——ダメ、ダメ！

——主さま、そうやって私たちが離れた時によく怪我をなさってますわ！

——あ、そうやな。

二匹の意見を聞いて、ルビーくんも冷静になったらしい。

その光景を見て、リクロスは「ふはは」と声をあげて笑った。

眷属たちの声はリクロスに聞こえていないから、この会話はわからないはずなのに……

　そう思ってリクロスを見る。

「ご、ごめん。君と眷属たちのやりとりを見てたら、なんだか笑えてしまって」

「言ってる意味、わかったの？」

「なんとなく、彼らがいない時はメリアが無茶するからダメって言ったんだと思ったんだけど？」

　ズバリ的中させたリクロスを見ながら、私は少ししょんぼりした。

「……そんなに、無茶してるかな？」

「そうだね、結構無茶してると思うよ。この傷も含めてね」

　頬の傷に優しく触れられて、顔が熱くなる。

「気をつけます」

「うん、そうして」

　彼に微笑まれて紅潮した頬を誤魔化すように、「それにしても、どうしようか」とリクロスから離れる。

　けれど、リクロスは気にした様子もなく、「僕は本でも読んでいるよ」とソファに深く座り直した。

その様子を見ながら、私は結局部屋で皆の毛をブラッシングして過ごすことにした。

暇潰しのつもりで始めたブラッシングだったけれど、だんだん夢中になってくる。

ふわふわの毛に艶が出て、より触り心地がよくなっていくのが楽しい。

その時、ちょうどブラッシングしていたアンバーの耳がピンと立ち、それが合図のように他の子たちも入り口を警戒し始めた。

どうしたのかと耳を澄ますと、かすかに「頼みに行くの！」「離してっ!!」「おやめください」という声が聞こえる。徐々にその声は大きくなり、扉がバンッと開かれた。

「お願い！　娘を、アンジェリカを許しておくれ!!」

突然現れたその人は、入ってくるなり膝をついて、目に涙を溜めながら私たちにそう訴えた。

「おやめください、ラーア様！」

マリアンさんと同じような服を着た使用人たちが必死で女性を立たせようとする。

だが、女性は抵抗し、さらに私たちに言い募ろうと口を開く。

「妾の娘、アンジェリカを、どうか許してっ！　あんな牢になど……うゞ……」

その女性の目からついに溜まっていた涙がぼろぼろとこぼれ落ち、ああーーーと激しく嘆き始めた。

まるで、悲劇のヒロインの懇願のようだ。

何が起きたのか理解できず固まっていると、バタバタとさらに人が入ってくる。マリアンさんも一緒だ。

「ラーア様、お立ちください」

焦った様子でマリアンさんが声をかけ、一緒に入ってきた人たちとともに、女性を無理やり立ち上がらせて部屋から追い出した。

アンバーとルビーくんは鼻をヒクヒクとさせて首を傾げ、オパールは怯えるように私の服のポケットに入り込む。きっと、この子たちも驚いたんだろう。私は落ち着かせるために彼らの頭をそっと撫でた。

「申し訳ありませんっ」

騒ぎがある程度収まると、マリアンさんが私たちに頭を下げた。私も動揺しながら彼女に聞く。

「あ、あの方はいったい何を訴えていたんですか？　第三王女様のことをおっしゃっていたようですが」

「あの方は陛下の側室で、アンジェリカ様のご生母。ラーア様とおっしゃいます。実は、アンジェリカ様は今、陛下が招かれた賓客を傷つけた罪で、軟禁を命じられました。ラーア様はそれを知り、メリア様に乞えば罪が軽くなると考えたのでしょう。使用人が制止するのも聞かずここへ来てしまったようです」

「そんな言い訳、聞きたくないよ。……これで二度目だ」

リクロスがマリアンさんに冷たい口調で告げる。

「二度も同じ失態を犯して、許せって？　僕らのことを軽んじているのかな？」

「決してそのようなことは……！」

「さっきの彼女は泣いて訴えるしか能がなかったからよかったけど、ナイフを持ち出していたら？　逆上してメリアに、眷属様に向かっていったら？　どうするつもりだったの？」

マリアンさんは誠意を持って対応してくれているように見えるけど、リクロスは納得いかないようで、彼女を責め続ける。マリアンさんは深々と頭を下げた。

「……誠に申し訳ありません」

「謝るだけなら誰でもできるんだよ。どう落とし前をつけるのって聞いてるの」

「そ、それは……」

「マルクの顔を立ててここにいるということ以外、僕らがここに留まる理由は、ない」

声を荒らげず、彼女に淡々と言うリクロス。その冷静さが逆に怖い……

「リクロス、何もなかったんだし、もういいじゃ……」

私が止めようとするのを、リクロスは首を横に振り、拒む。

「メリア。君が優しいのはわかっているけど、本来ならあり得ないことなんだよ。こんなことが起こるのは」

「メリア様とリクロス様の秘密を保持するために人手を最低限にしていたのですが、それにより、このような事態が起こってしまったことは、我が王のお考えにそぐわぬこと。決してメリア様たちを軽んじたわけではありません」

そう言うマリアンさんに、リクロスは冷たい視線を向ける。

「それでも、起こったことがすべてだ。僕らは二度我慢した。次はないよ？」

リクロスはマリアンさんの言い分すら切り捨て、釘を刺すように言った。

ピアスに触れながら告げるリクロスの言葉は、次に何か起きた場合、正体を現してここから出ていくという、最終宣告のようにも感じた。

それはマリアンさんも同じようで、「すぐに対策します」と言って出ていってしまった。

なんとなく張りつめた空気が漂い、私は身を縮ませる。するとリクロスは苦笑した。

「そんな顔しなくても、そこまで怒ってはいないよ。ただ、この短い期間に同じような事件が二度。さすがに軽率すぎるかなって」

「確かに。なんで、第三王女様も側室の第二王妃様もここがすぐにわかったんだろうね」

「……何かよからぬ企みがあるのかもしれない。気をつけるんだ」

そう告げるリクロスの目は真剣で、私は頷くことしかできなかった。

退屈でも、時間は過ぎていくもの。

リクロスに言われた通り警戒を怠らないようにしていたけれど、第三王女や第二王妃様の襲撃以上の騒ぎはなく、さらに三日が過ぎてお城での生活にも慣れてきた。

お詫びのドレスが届き、女性の職人が微調整のためにやってきた。

「ここはいかがですか？」

「ちょうどいい感じです」

職人が袖元を触りながら、上下に手を動かして問題がないか確認をする。

「あ、あのぅ……」

職人と一緒に来ていた見習いの少女が、私に声をかけてきた。ミィナちゃんくらいの年だ。

「こら、許可なく話しかけるとは何事？」

すかさず職人が見咎めてたしなめる。けれど私は笑みを浮かべた。

「あ、いいですよ。どうしたの？」

「お姉さん、アンジェリカ様がどうしてるか知っていますか？　昨日会いに来てくれるって言っていたのに、来なかったの」

アンジェリカ——その名を聞いてマリアンさんがすぐに止めようとする。

私はそれを制して、見習いの少女に声をかける。

「アンジェリカ様は、悪いことをして叱られて、その罰でお城から出られないって聞いたよ？」

「っ！　……もしかして私たちのせい？」

少女の顔が青ざめる。ただごとではなさそうだと、私は彼女に尋ねた。

「どうしてそう思うの？」

「だって、だって……孤児の私たちに、アンジェリカ様、いろいろしてくれたの。私たちに関わったせいでアンジェリカ様は……」

しくしくと泣き始めた少女に戸惑う私に、職人が言葉を足すように告げる。

「この子は、アンジェリカ様からの直々の紹介で弟子にしたんですよ。そんなのは受け入れてないって最初はお断りしたんですけどね……」

そう語る職人の言葉に、第三王女への親しみがこもっていて、私は違和感を覚えた。

「彼女は職人を無理やり専属にさせてるって噂を聞いたんですけど……」

「根も葉もない噂ですよ。貴族様相手にはあんまり言いたかないんですけどね、あの方はあたしら職人を守るために専属にしてくれてるんですよ」

職人は私を貴族だと勘違いしているようだ。私の身分は明かせないし、城で王族がわざわざお詫びに服を作らせる相手となると、身分が高い相手だと思うのも無理はない。

「私は貴族ではないですが……それはともかく、ちょっと、詳しく教えてくれませんか？　私、第三王女様のことを誤解しているかも」

そうお願いすると、職人と弟子の女の子はこくんと頷いて、私に第三王女のことを教えてくれた。

この職人がまだ誰の専属にもならずに働いていた時、貴族から大量のドレスをとても間に合わない納期で注文されたことがあったという。

無理だと断ろうとすると権力で脅され、渋々依頼を受けようとしていた時に助けてくれたのが、第三王女だったそうだ。

そして、何かあったら自分の名前を出しなさいと、専属の名をもらったのだという。

専属になった者たちには皆そういう経緯があり、せめてものお礼として、自分たちの技術で作った最高作を彼女にプレゼントしているらしい。仕事ではなく個人的なものとして渡したつもりでも、彼女は必ずその作品に見合ったお金を渡してくれるのだとか。

その上で、善良な貴族を選び、仕事を斡旋してくれるという。

職人にとって、第三王女は神様のような存在だ、と職人は語った。

私には最初ピンとこなかったけれど、専属の職人というのは、その言葉通り、個人もしくは家と契約してものを作る職人のことらしい。また、その契約者を通して別の者の依頼を受けることもある。

けれど、職人にとって専属になることは、ある意味賭けである。

専属になった場合、依頼を受けても受けなくても一定の金額が手元に入るようになり、生活は安定する。また、フリーの時のような無理な依頼を受けなくてもよくなる。これだけ聞くとフリーよりも専属のほうがいい気がするけれど、それだけではないらしい。

専属でも、依頼を受けて出来上がった作品に応じた金額が支払われるのが普通である。しかし、ここで難癖をつけ、最低限の金額しか払わない悪質な者も出てくるのだ。

そういった専属先は、他の貴族からの無理なスケジュールの依頼も勝手に引き受けてしまう。そうなれば、地獄そのものだ。来る日も来る日も納期に追われることになる。

つまり、職人にとって雇われた先は、後援人であり仕事の管理を行うマネージャーのようなもの。第三王女は優秀な後援人ということだ。

また孤児だという弟子は、最初、ドレス姿で孤児の住まう家に来た第三王女をとても警戒したそうだ。

他の子どもたちが彼女を受け入れようとしなかったので、それにならっていたという。

しかし第三王女が訪問してから毎日、彼女の名前で、パンとスープ以外の食べ物が届くようになった。

子どもたちはそれが食べたくて食べたくて仕方なかったけど、第三王女の意図がわからず、捨てていたそうだ。

そんなある日、また、第三王女がやってきて『どうして食べないのです？』と尋ねた。

『アンタみたいな恵まれたやつがくれる施しなんて受けるかよ！』というリーダー格の少年の言葉に孤児たちは賛同し、第三王女に暴言をたくさん吐いた。

しかし、第三王女は呆れたように言ったそうだ。

『施しでもなんでも、生きたいのならば受けるべきでしょう。せっかくわたくしという身分の高い者がいるのですよ？　わたくしを使って自分たちの生活をよくしようとは思いませんの？』

そう言われてもなお反発する孤児たちに、彼女はこうも言ったという。

『そもそも、あなた方にこれらを配ったのは、わたくしの料理人が仕入れすぎた材料を、腐らせるのがもったいなかったからです。でも、あなた方が食べないのなら、持ってくるのは労力の無駄ですわね』

　そう言われて、孤児たちはざわめいた。本当は、とてもとても食べたかったから。

けれど、孤児たちはごめんなさいを言えるほど素直ではなかった。

　自ら（みずか）の境遇への怒り（いか）は、温情をくれる第三王女に向けられたという。

『そうやって、与えたり、与えなかったり……俺たちはアンタらのおもちゃじゃないんだぞ!!』

『おもちゃにした覚えはありませんわ。それに、今の環境に甘んじているのは、あなた方でしょう？』

『俺たちの何がわかる！　俺たちだって、仕事をしようとギルドに行って……でも、ギルドの受付で尋ねても、簡単な仕事はもうなくて、俺らにできることなんてなくて……！』

『商人や職人たちのお手伝いは？』

『できるわけないだろ。俺ら、字も数もわかんねぇんだぞ。しかも孤児ってだけで人を泥棒（どろぼう）みたいな目で見てくるんだ！　俺たちが何をしたっていうんだよっ!!』

『では、字と計算を教える先生を派遣しましょう』

『そんなもん、習ったところで、変わんねぇよ！』

『わたくしには、たくさんの専属の職人もいますし、贔屓にしている商店もありますわ。興味があるなら紹介して、手に職をつけることもできます』

『お、俺らは孤児だぞ！　受け入れてもらえるはずがないだろ‼』

『わたくしからの紹介なのですから、簡単には断れません。そのあとは自分たち次第でしょう？』

『……どういう意味だよ』

『あなた方の仕事ぶりで判断されるということです。孤児だからチャンスがないと言うのなら、わたくしを使えばよいのですわ！』

『アンタ、なんでそんな風に俺らに構うんだよ……他の姫みたいにほっとけばいいじゃねぇか』

『もしかしたらこの中から、わたくしのお眼鏡にかなう職人が生まれるかもしれないじゃありませんか。わたくし、もったいないことはしない主義ですの』

そう返した第三王女を、孤児の皆は結果的に笑って受け入れた。

そして彼女は宣言通り、字と計算を教えてくれる先生を派遣してくれた。彼らが習得したら、商人や職人に紹介してくれたのだという。

「私も、そのおかげで師匠に出会えたの……」

「そっか、よかったね」

嬉しそうに言う少女に、私は微笑む。

私ができなかったことをやってのけた第三王女――ううん、アンジェリカ様に興味を持った。

職人や孤児を守ろうとする彼女が、あの日、なんの理由もなく突然やってきたり、暴力を振るったりするだろうか？　そんな疑問が頭を過る。

やがてドレスの微調整が終わり、職人たちは帰っていった。

私はリクロスにこのことを伝えると、彼は嫌そうな顔をして「リュミーの報告通りだよ」と告げた。

リュミーさん、帰ってきてたの？　いったい、いつ？

いや、それよりも、なんでそんなに嫌そうなの？

リクロスは眉をひそめながら口を開いた。

「それで、メリアはどうせ彼女に会いたいって言うんだろ？」

「うん。会って話したい。あの日のこと、多分彼女なりの理由があったと思うんだ」

「理由があっても、君が傷つけられた事実は変わらないんだけどね」

「……ダメ？」

頑なに拒むリクロスを、なんとか説得しようと見つめる。

彼は顔に手をやり、苦悩の表情で「僕も一緒に行くからね」と了承してくれた。

するとその時、オパールがある提案をしてきた。

オパールとオニキスの影を使った空間移動には、もう一つすごい使い道があったのだ。

影で空間を繋ぐことで、離れた場所の様子を知ることができるという。

早速私はアンジェリカ様の影に空間を繋いでもらって、様子を見ることにした。

アンジェリカ様の影からは、彼女と心配そうな使用人の姿が見えた。

「アンジェリカ様、どうか、少しは食事をお取りください」

「いいのよ、わたくしは眷属様とその御使様を傷つけた。どんな理由があれ、これが結果ですわ」

「ですが……」

「お願い、放っておいて。わたくしを庇って何かしたら、あなたまで罰を受けるかもしれない。それだけは避けたいのです」

「アンジェリカ様……」

使用人が名残惜しそうに牢から退出していく。

誰もいなくなったところで、私たちはアンジェリカ様のもとへ移動した。

「だ……あ、あなた、どこから⁉」

「突然訪ねて、ごめんなさい。あなたと話がしたかったの」

「わ、わたくしと？」

アンジェリカ様は驚いて、目をパチクリさせる。

ここへは眷属の力を使って来たと告げると、「本当に眷属様でしたのね」と納得し、警戒しつつも落ち着いた様子で話を聞いてくれそうだ。

「牢に軟禁されているとはいえ、わたくしは第三王女。このようなことは本来許されませんよ」

「そうですよね、ごめんなさい」

素直に謝ると、アンジェリカ様は頬を緩めた。

「ですが、わたくしにも非があります。このたびの無礼はそれで許しましょう。それで、何用ですか？」

「あなたが何を思って私たちのところに来たのか、どうして私を叩いたのか……それを教えてほしくて」

私が切り出すと、アンジェリカ様は真剣な面持ちで頷く。

「そうですわね、わたくしは鍛冶屋であるあなたの腕が欲しいと思いました。それで訪ねたのです。間違えましたけど。あとは、叩いた理由でしたわね。眷属(けんぞく)様とは知らず、家畜をこの城に持ち込んだのだと思いましたの。この城で平民や家畜があんな無礼を働けば、死罪もあり得たわ。だから、わたくしが先に私刑を下して、守るつもりでいたのよ」

「そうだったんですか……」

フンッと顔を背ける彼女の耳は赤くて、照れているのだとわかった。

まだ疑問が残っているので、私は続けて問いかける。

「でも、私が王様に呼ばれていたのは知ってましたよね？　どうして来たんですか？」

「それは！　それは……わたくしの噂(うわさ)はご存じ？」

「はい。王様のお気に入りの王女で、それをいいことに他の貴族の専属職人を奪ってるって」

「……歯に衣着(きぬき)せぬ言い方だけど、その通りよ。そうしておいたほうが都合がいいの。我儘(わがまま)姫がまたやったってね。優(すぐ)れた職人がいるのに、相手がお父様だからといって専属契約を諦めては、変に思われるかもと思って……それで訪ねたのよ。まさか、こんな小さな子が王都の鍛冶(かじ)職人よりも腕がいいなんて思わないじゃない！」

本当にスカウトする気はなく、ただの周囲へのアピール的な行動だったようだ。

私が納得していると、アンジェリカ様が微笑みながら言う。

「さあ、用事が済んだなら行ってくださいな。ここに来たことは内緒にしておいてあげますから」

「ありがとうございます。……あの、ドレス職人の見習いの女の子が、あなたが来ないって悲しそうにしてましたよ」

「っ！　そう……そうなの。そう……あの子がそんなことを……」

孤児の少女のことを伝えると、アンジェリカ様は喜びを噛みしめるかのように、何度も頷いていた。

この人は、本当はいい人だ。そう確信して、私はオパールが開いた空間に飛び込んだ。

それから二日後、怪我も完治し、王様に会う日がやってきた。

マリアンさんに手伝ってもらい、お詫びにと贈られたドレスを着る。

普段のワンピースとは違って、腰をキュッと締めてスカートにボリュームを出すデザインだ。

だからコルセットをすることになったんだけど……苦しい。本当に苦しい！

え、貴族の皆さんは、これを毎日してるの？　すごすぎる……

マリアンさんにコルセットを締めてもらいながら、思わず涙目になる。

それを見たフローたちが、マリアンさんを攻撃しようとしたのを慌てて止めた。

そんなトラブルはあったけど、髪の毛も綺麗にセットしてもらって、なんだか、自分じゃないみたい!!

テンションが上がっていると、コンコンと扉をノックする音が聞こえる。返事をするとリクロスが入ってきた。

「メリア、準備でき……」

「わぁ、リクロス、かっこいい!!」

同じようにお詫びに贈られた衣装を着たリクロスは、漫画でよく見る王子様のようだ。

長い髪は一つにくくられており、長い尻尾のようにも見える。

……くくられて？　もしかして、角を触られたんじゃ!?

さぁっと血の気が引くのを感じたけれど、リクロスはそんな私を見てクスクスと笑う。

「心配性だなぁ。大丈夫だよ。これはリュミーに頼んだから」

「え、リュミーさん、戻ってきてたの？　というか、どうやって……」

「女性みたいに手間のかかる衣装じゃないからね。使用人はいらない、自分でできるって突っぱねたんだ。で、ちょうどその時リュミーが帰ってきたから頼んだんだよ」

リクロスの言葉を聞いて、やっと安堵する。

「そっか……よかったぁ」

「……本当に、お人好しだよね、メリアは」

「え？」

「なんでもないよ。それより、メリアもよく似合ってる」

「本当？　知り合いの結婚式とかでもこんな素敵なドレスは着たことなかったから、すごく嬉しいんだ」

　前の世界じゃフォーマルドレスと呼ばれるような、ワンピースみたいなやつしか着たことがなかったんだよね。

　小さい頃は、こういうレースがたくさん入ったロリータっぽい服に憧れていたけど買ってもらえなかった。

　とはいえ自分で服を買えるようになると、私なんかじゃ似合わないと思ってしまって。

　でも、ここではこれが正装なんだもの。堂々と着てもおかしくない。

　それに、体は十四歳だし！

　嬉しくてつい、クルクルと回ってお披露目してしまう。

「メリア様。そのように回られますと、髪が乱れてしまいますよ」

「はぁーい」

つい子どもみたいなことをしてしまった。恥ずかしさを隠すように眷属たちのほうを視線で示しながら、マリアンさんに尋ねる。

「王様へお会いする時、皆も一緒に行って大丈夫ですか？」

「はい。ただ、そのままついてきていただくのではなく、来た時のように籠に入れていただいてもよろしいですか？」

「わかりました」

マリアンさんの言葉を聞いて、皆は小さくなって籠へ入ってくれる。

しかしなぜか籠の外にいるのは、フローとオニキス、そしてオパールだ。

「オパールも、中に入ろ？」

——ダメ？

首を傾げるオパール、可愛い……って違う。

入りたくない理由を聞いてみると、どうやら籠に入ると景色が見えないし、揺れるのが怖いらしい。

「わかった。じゃあ、私と一緒でいいから、大人しくしているんだよ？」

——はい！　メリア様。

オパールは肩の上にちょこんと器用に座る。フローはいつものように手首に。

そして、オニキスを持ち上げると、そのままリクロスに預ける。

「リクロス、オニキスを頼める？」

「いいよ」

――なんで⁉　オニキスも！　オニキスも‼

「ごめんね、籠を揺れないように持つと、両手が塞がっちゃうんだ」

ガーンと、見るからに落ち込むオニキス。

帰りは籠をリクロスにお願いするからと言うと、渋々納得してくれた。

「こんな感じでも大丈夫ですか？」

念のためにマリアンさんに確認すると、問題ないと認めてもらえた。

それじゃあ早速、王様とご対面だ‼

第十章　危険な香りと秘められた陰謀

非公開での謁見ということで、私とリクロスが連れていかれたのは、よく漫画やゲームで見るような玉座のある謁見の間ではなく、少し広めの応接室みたいな部屋だった。

華美だけれど上品にまとめられており、調度品はどれも素晴らしいものだとすぐにわかる。

その中央に置かれたソファに座っている赤い髪の男性は、マルクさんとよく似た顔をしていた。

この人がこの国の王様か……

王様はゆったりとした様子で私たちを呼び、座るよう促して口を開いた。

「まず、最初に――」

入り口にいる武装した二人は、王である自分が護衛をつけずに人と会うことはできないため配置しているが、信用できる者であること。

王様の側に立つ初老の紳士は彼の執事で、長く王家に仕えているエルフであり、この謁見に立ち合うこと。

王様は、この二つについて説明してくれた。

確かに、初老の紳士の耳は長く、既にリクロスの正体に気づいている様子なのに、平然とした態度をとっている。

「わざわざご足労いただいてすまなかった。そして滞在中の身内の無礼を詫びよう」

王様の最初のその一言で、空気がガラリと変わったのを感じた。

例えるなら、そう。外部との交渉の場に生じるような、久々に漂うピリリとした緊張感。

今、この場の空気を作っているのは、この王様だ。

「さて、早速だが、弟からの手紙に添えられていたこの剣。これを作ったのは君で間違いないかね」

テーブルの上に置かれた剣は、鑑定するまでもなく、マルクさんにプレゼントした私の作品だった。私が頷いたのを確認して、王様は剣を下げる。

「君は他の鍛冶師……それも一流と呼ばれる者たちの腕を、既に超えている。それは理解しているかな？」

「はい」

ジャンさんに初めて武器を見せた時にも、そう言われた。

金属の硬さでは勝てるはずのないカッパーソードが、鉄の剣を折ってしまったのだ。

神様からもらったスキルなだけあって、私の作る武器や防具は通常よりも質がいいのだとわかった。

「それだけの腕を持つ君を専属にしようと、この国の貴族や商人たちは争うように狙っている。それも理解しているかい？」

「はい」

どれだけ平穏な生活を望もうとも、平民の私は、身分のある人に強要されると太刀打ちできなくなる。

それは王都に来たこの数日で、しっかりわかったつもりでいる。

「さっきからネチネチと。さっさと本題に入ってくれないかな?」

王様と私の話を遮ったのはリクロスだった。

そんなリクロスの態度を気にした様子もなく、王様は「そうだな」と苦笑した。

「すまない。一応の確認だったんだ」

「いえ、仕方のないことだと思っています」

私は少し慌ててそう言った。すると王様は真面目な顔になって、再び口を開く。

「はっきり言おう。君を俺専属の鍛冶師に任命したい」

「え?」

突然の提案に、私はぽかんとしてしまう。

「君の素性は厳重に隠し、噂の凄腕の職人を抱えたということのみ公表する。君には、俺の専属である証として、この俺の紋章の入ったメダルを渡そう。王の専属職人になれば、誰も引き抜くことはできないだろう? もちろん、村外れの家での鍛冶屋も、市場での販売も好きにしてくれて構わない。悪い条件ではないはずだ」

「それはそうですけど……」

確かに、これ以上ない条件に思えた。

けれどリクロスは逆に怪しんだようで、王様に怪訝な顔を向けた。

「そのメダルとの引き換えに、メリアに何を要求するつもり？」

「何も望まないさ」

「何……？」

リクロスが、一層眉をひそめた。けれど王様は冷静に答える。

「彼女がただの鍛冶師であったならば、確かに条件を出しただろう。今できる最高の武器を作れ、とかね。でも、彼女には眷属様がついている。権力で言うことを聞かせようとすれば、彼らは黙っていない。そうだろう？」

——当たり前。当たり前！

オニキスはその通りとばかりに翼を羽ばたかせ、他の子たちも頷く。

「彼女を放置すれば、必ず権力にものを言わせる輩が目をつける。それをわかっていて、俺が何もしないわけにはいかないだけだ」

「……なるほどね」

王様の言葉に、リクロスは頷いた。私も納得する。このまままとまるかな……という話だったけれど、予想に反した発言が王様の口から飛び出した。

「それと同時に、謝らねばならない」

「え？」

「教会が出てきた場合、俺たちも君を守るために全力を尽くすが……どうしようもない局面があるかもしれない。ただ、君が助けを求めた時には、可能な限り手を貸すと約束する」

「教会？」

「そうだ。マルクから聞いていないか？」

「ここに来る前に少しだけ聞きました。眷属と絆を結んだ人を御使様と呼んでいるとか」

「そうだ。レクルソス教会の権力はこの大陸全土にわたっている。この王国にも教会を信仰する者もいるし、その力は計り知れない……。彼らとは面と向かって対立するわけにはいかないんだ。……すまない」

「わかりました。大丈夫です！　いざとなったら皆もいます‼」

今さっき会っただけの私に対して、誠意を見せてくれる王様の姿に胸を打たれた。

けれども、リクロスは眉をひそめた。

「全を守るために個を犠牲にする。変わらないやり方だ」

棘のあるリクロスの言い方に、王様は表情を険しくする。

「……どういう意味だ？」

「昔話をしてあげるよ」

そうしてリクロスは語り始めた。

古い、古い話。それは、リクロスたち、魔族だけが知る真実だった。

昔、昔。魔族がまだ、他の種族にとってよき隣人として存在していた頃のこと。

当時、この大陸では四つの国による領土争いが頻繁に行われていて、多くの人が死に、自然は壊されていた。

人と交わりのあった神獣と眷属は姿を消し、大陸の緑は枯れ果て、魔物が蔓延り、民は飢え、世界は混沌を極めていたという。

そんなある日、とある国の王子は思いついた。

一つの共通の目的があれば、国同士が争うことなく、この世界を平和にできるのではないかと。

大陸が平和になればきっと、眷属たちも戻ってきてくれるはずだと。

その王子は一人で各国を渡り歩き、自身に賛同する有志を集めることにした。

王子の行動は噂となり、大陸全土へと広がる。

そして、その噂は同じように民を思い、国の行く末を憂えていた各国の若い王子たちの耳に入った。

――そうだ、我々は民を導き、平和に暮らせるようにせねばならない。

彼らは立ち上がり、その王子のもとへと集まった。

彼らは、自分たちの共通の目的になるようなことがあるのか話し合った。

その時、王子たちは思い出した。魔物と魔族のことを。

その当時の魔族は国を持たず、強い力を武器に傭兵として生活している者が多く、国に勝利を導くことで有名だった。魔族の傭兵隊は常に負けなしと言われており、どの国のどの王子も彼らと戦い、苦汁を舐めたことがあった。

……なぜ、魔族はあのように強いのだろうか？

肌の色も角もおかしい。獣人とも違う姿だ。

もしかして、魔族は魔物が人の形をしたものなのでは？

彼らへの畏怖が、そんな疑念を抱かせた。

やがて王子たちは、こんな筋書きを思いつく。

――魔物がこの地に蔓延り、民を苦しめているのは、魔族のせいではないか。

ならば彼らをこの大陸から追い出せば魔物は減るだろう！

満場一致で魔族は生贄に決定した。だが、傭兵隊とは違い、町などに住む魔族は穏やかで大人しい者が多く、民にも慕われている。

突然そんなことを言い出しても、我々がおかしいとされてしまうだろう。きちんとした理由をつけて、魔族を悪役に仕立て上げなくては。

そう考えた王子たちは、当時いた牛や羊の角を持つ獣人に、皮膚を魔族の特徴である褐色に塗らせ、村を襲わせた。魔族の傭兵が襲った、と嘯いて。

さらに、魔族に扮した獣人の襲撃と同時に、捕らえてあった魔物を村に放ち、魔族が魔物を操っているように見せかけた。

王子たちの策略にハマり、生き残った村人たちは、襲撃は魔族の仕業だったと言い始める。

それは噂になり、噂を聞いた民衆は、魔族の傭兵隊は恐ろしいと思い込み始めた。

弱い民衆に、強い魔族の傭兵を倒すことはできない。

憎しみの対象は、段々、傭兵だけでなく魔族全体に広がった。

よき隣人だったはずの魔族たちは次々に迫害され、行き場を失っていく。

魔族は大陸を追われ、魔物が湧き上がる魔の島へと旅立っていった。

たとえ魔物がいようとも、親しかった者たちに襲われる恐怖よりマシだったのだ。

魔の島に魔族が住みついて魔物を狩ったことで、大陸の魔物も減っていった。

王子たちは、魔族がいたために魔物が現れていたのだと言いふらす。

まさに、事は王子たちの計画通りに進んだ。

そして最後に、自分たちの計画がバレないように、協力した牛や羊の獣人を滅ぼした。

それらもまた、魔族のせいにして。

王子たち以外の人々も、次から次に牛や羊の角を持つ獣人たちを殺したそうだ。

彼らは、もしかしたら、魔族なのではないかと疑ってやったのだと言った。

獣人たちの中には、わざわざ角を折って正体を隠そうとした者もいたらしい。

けれど、そんな者たちも皆捕まえられて殺された。

そして今もなお、魔族は怖がられている。この王子たちの作り話のせいで。

こうして築かれた仮初めの平和を維持するため、真実を知った者たちもまた、各国の王家は葬り去ってきたという。

「――裏切り者として。ねぇ？　今もそうだろう？」

そう締めくくり、リクロスは嗤った。

勝者が歴史を作るなんて言葉があるけれど、確かに勝者である大陸の王子たちの悪行は、歴史に刻まれていない。

「……そうですね。差し出がましいですが、私めからいくつか申し上げてもよろしいでしょうか？」

静かに話を聞いていた初老の執事が、声をかけてきた。リクロスが黙って視線を遣ると、執事は話し始める。

「私めは、正しい歴史を見つめる一族でしてな。あなたが語った歴史は確かに、魔族側に伝わる敗者の歴史であります」

「敗者の歴史だと……」

執事の言いように、リクロスは不快感を露わにする。けれど執事はそれに動じず、話を続けた。

「そうです。どんな事柄も、片側から見つめれば歪んでしまうもの。私どもはどこにも属さず、真に見つめるためだけに各国の王に仕えているのです」

「……魔族の中に、君たちのような者は見たことがないけど？」

「人に扮する者もいるのならば、魔族に扮することも可能ではないですか？」

「っ！」

執事を疑わしい目で見ていたリクロスが、息を呑む。執事は再びゆっくりと口を開いた。

「我らは常に歴史を見つめてきた。それは確かです」

「じゃあ、君たちから見た事実とはなんなんだ？」

「我らに伝わる正しい歴史をお伝えしましょう。確かに王子たちは魔族を疎んじ、迫害した。だが、何人かの魔族は王子たちに接触していたのです」

「接触？」

リクロスも知らなかったことのようで、目を見開いている。執事は頷いた。

「そう。そして、彼らは話し合いの末、魔の島へと向かったのです」

「……話し合いの内容は？」

「それを伝えることはできません。ただ、彼らは迫害されたことだけが理由で魔の島へと向かったわけではない。それは確かです」

初老の執事は口を閉じると、「お邪魔をしてしまい申し訳ない」と頭を下げた。

それ以上話すつもりはないという彼の態度を見て、リクロスはぎりっと歯を噛みしめる。

「リクロス……」

「ごめん、メリア。抑えられると思ってたんだけど、感情的になってしまって」

「ううん。大丈夫だよ」

その時、ただ話に耳を傾けていた王様が突然頭を下げた。

「すまなかった。当時の王子と魔族の話は、その執事の一族と、国の王だけが知る話だ。……君たちにここに来てもらったのは、排除しようと思ってのことではないんだ。それだけは事実だ」

「……僕はただ、魔族は被害者だと思っていた。でも、双方になんらかの思惑があったのならば、大陸の人たちだけが悪いわけではないってことだよね。なら、僕の態度はよくなかった。すまない」

多分、二人とも大人なのだ。この執事の言葉が真実かどうかはわからない。けれど話し合うために、振り上げた刃をおさめようとしているのだろう。

私がぼんやりそう思っていると、王様が眉尻を下げながら言う。

「そもそも、俺自身は魔族が悪いとは思っていない。だからこそ、話ができる魔族がいるなら話してみたいと思っていた」

「話？」

リクロスが戸惑っているのがわかる。王様は目を閉じて、何か考えているようだった。

「魔の島とはどんなところなのか、なぜ、魔族がそこに移動したことで魔物が少なくなったのか、そんなところだ。だが、二つ目は君の話でわかった。魔族が間引（まび）いてくれているから減ったのだな……すまない、教会の話に戻そう。教会は常に御使様を探しており、御使様が発見されれば、速（すみ）やかに報告することを各国に義務づけている。ああ、無論、君たちのことは報告していないから安心してくれ」

王様の言葉に、私はとても驚いた。

「教会が国に対して報告を義務づける？　そんなに権力があるんですか？」

「ああ。眷属（けんぞく）様からの言葉だと言われれば、逆らうことはできないからな。実際、御使様を通して眷属（けんぞく）様が出した指示に従って、危険を回避できた実績があるだけに、国としては無視もできない」

「なるほど」

王様の説明で、リクロスは納得したようだ。話が一段落したのを見計らって、私は口を開く。

「あ、あの、王様。アンジェリカ様のことなんですけど……」

アンジェリカ様の話をしようとしたところで、ノック音が聞こえた。

「陛下。こちらにおられると聞きました。入りますよ」

――ダメですわっ!!

女の人の声がして、ガチャッと扉が開いた瞬間、アンバーが叫んだ。そして入ろうとする人を拒むように、土壁が現れる。

「なっ……なんだこれは！　陛下⁉　陛下⁉　ご無事ですか？」

突然の出来事に驚いたのだろう、廊下にいる人が何度も王様に呼びかける。

どうしたのだろうと私がアンバーを見ると、彼女は厳しい声で言う。

——入ろうとした人から、危険な花の香りがしましたの。

「危険な花の香り？」

——はい。多分、ロートスの木の花の香りですわ。

「ロートス？」

首を傾げる私に、ルビーくんが説明してくれる。

——ロートスの花の香りを嗅ぐとな、どんなやつも夢見心地でええ気分になる上、中毒性があるんや。しかも、その時に言われたことは全部ホンマのように感じてしまうし、感情の昂りが極端になったり、理性が働かへんようになって暴力的になったりするんやで。

まるで麻薬みたいな花だ。危険だということはわかったけれど、それだけで締め出していいのだろうか？

「メリア、眷属様はどうしてこんなことを？」

リクロスに問われ、彼と王様にルビーくんから聞いたことを説明する。その間にも外の声はどんどん感情的になって、怒鳴り声へと変わっていった。

「なぜ、なぜ、私を締め出すのですか⁉　陛下‼　陛下‼　近衛！　何してるの、早くこの土壁を壊しなさい！」

「しかし、王妃様。この土壁……硬くて、魔法も役に立ちません……」

「それでも、騎士ですか‼　陛下。陛下ぁ‼」

どうやら、外にいる人は近衛兵に制止されているらしい。私が心配になっていると、近衛兵が一層大きな声をあげた。

「王妃様、おやめください。手から血が！」

「うるさい、邪魔、邪魔、邪魔なのよっ！　私と、陛下の邪魔を、なぜ……許さないっ！」

「王妃様、おやめください！」

近衛兵の声がしたと同時に、ピリピリとした空気が肌を刺す。

それが攻撃魔法のせいだと気づいたのは、激しい爆音とともに壁が壊された時だった。

土煙がおさまると、赤く染まった両手をだらんと垂らした、女性の姿が現れる。

土壁に、どれほど腕を打ちつけたのだろう？

　彼女の腕からは血も止まっていないのに痛そうな素振りすら見せず、王様の姿を見つけて嬉しそうに微笑んだ。

　そして私の姿を捉えると一瞬で表情が変わり、夜叉のような顔で両手を伸ばしてきた。

「陛下……！　無事でよかった……。あ、あ、ああ。あなたが、あなたが、あなたが、あなたが……!!　私が陛下に会うのを邪魔したのねっ!!」

　大きな水の塊が渦を巻いて私に襲いかかる。水の攻撃魔法だ。

　それに対し、フローが空気が裂けるような鋭い声を出す。すると水が勢いを失い、高価な絨毯の上に落ちた。

　攻撃を止められたその人は、まるで人形のように床へ倒れ込んだ。すぐに王様が駆け寄り、彼女を抱きしめる。

「王妃！」

「ああ、陛下……。陛下、大丈夫……ですか？」

「ああ。ここにいる。……王妃の様子がおかしい。侍医をすぐにここへ!!」

「連れて参ります!!」

　王様の言葉を聞いて、近くにいた兵士がぱっと走り出した。

　――あかん、暴走するでっ！

けれどほっとする間もなく、ルビーくんの焦る声が聞こえる。

先ほどまでの激情的な声と違い、とろんとしたような声で王様に抱きつく王妃様。

「さあ……ともに参りましょう……」

「王妃？」

王様は不思議そうに、王妃様を見た。王妃様が夢を見ているような声で呟くと、圧迫するような空気が彼女から溢れ出す。

ハッとしたリクロスが何かを唱えると、暗い紫色の煙が王妃様を取り巻き、彼女は力なく倒れた。

「睡眠の魔法だよ。気づいてただろうけど、その人、あなたと死ぬつもりだったみたいだ」

「ああ、そう……そのようだな」

リクロスの言葉に、王様は戸惑いつつもしっかり頷く。

――ロートスの中毒者はな、その香りによって操られることが多い。普段は自分の体まで傷つけるほどの魔力を使うことはでけへんけど、香りを多量に摂取し続けると暴走してしまうこともようあるんや！

――その方は既に酷く匂ってましたの。だから、近づけさせたくなかったのですわ。

何が何やら理解できない私に、ルビーくんとアンバーが説明してくれる。

「ロートスの酷い中毒者は、魔力が暴走をしてしまうこともあるって」

二匹の言葉を、私が周囲に伝えると、眷属たちは口々に花の危険性について教えてくれる。

ロートスの花は、昔から人を操るために使われてきたそうだ。

花を渡した相手を中毒にさせ、夢心地の中都合のいいことを伝えると、その者は言われたままに動くようになる。そして中毒者を操った人は、最後は事故を装い始末する。

そんな使われ方をし続けた危険な花。

昔はよからぬことを企む者に利用されることが多かったので、眷属と絆を繋いだ者から相談されて、眷属たちが人の手に渡らないように絶滅させたのだとか。

草の眷属が新たに芽生えさせなければ、生まれることはない花だという。

とはいえ、草の眷属が神獣様の許可なくこの花を咲かせることはない！　ときっぱり言い切れるほど、危険視されているそうだ。

それなら、どうして王妃様はロートスを持っていたんだろう……？

眷属たちの話を聞いているうちに、騒ぎを聞きつけた兵士、使用人、医師が到着する。

「王妃様は限界以上の魔力を放出しておられます。このままだと命が危ない……」

医師が王妃様に近づき、所見を述べる。

少し離れた場所から見ていても、倒れた王妃様の顔は血の気が引いていて、青白いことがわかる。

その体からは甘い香りが漂ってきて、少し頭がぼぅっとする。

――匂ったら、ダメっ!!

フローが叫ぶ。その瞬間、びゅぅぅうううと強い風が吹いた。

風は王妃様の周囲で吹きすさび、王様や兵士、診察に来た医師を寄せつけない。まるで、見えない壁だ。

しばらくすると甘い香りが遮断され、意識がはっきりし始める。

気づけば、王妃様と私たちとの間を遮る風の壁の前に、白い虎がいた。大きさは大型犬くらいだろうか?

さらりとした毛が風で揺れる。長い尻尾がクネクネと動き、期待するようにクリクリとした目をこちらに向けている。

「あなたのおかげなのかな?」

私が近づくと、虎は喉を低くゴロゴロと鳴らす。

「君の名前は、ジェード。ジェードにしよう」

――名前をつけるのが遅いよ。このノロマ。

一瞬、なんて言われたのかわからなかった。え？　今、この子、ノロマって……？

——必要だって神様が言うから、来てやったんだぞぉー。感謝しろよなぁ。それに、匂いを嗅げないように閉じ込めてやってるんだ。今のうちに、さっさと癒しのやつを呼びなよ。本当にノロマだなぁ。

ジェードはにゃははと笑い、前足をペロペロと舐めながらそう告げる。

私はハッとして、オパールとオニキスに頼んでセラフィを連れてきてもらった。

二匹に事情を説明されていたのだろう。ラリマーも一緒だ。

私は、ジェードが王妃様から漂うロートスの花の香りを閉じ込めていることと、セラフィが癒しの能力でこれから王妃様を回復させることを王様たちに伝える。

——ノロマ！　窓を開けて!!

唐突にジェードに言われて窓を全開にすると、今まで王妃様を包んでいた風が勢いよく窓の外へと飛び出した。

「だ、大丈夫なの……？」

——ん？　匂いは、人が認識できないくらい遠くまで飛ばして拡散したぞぉー。これでもう中毒になることはない!!

「そうなんだ、すごいね」

——っ‼　そうだ！　おいらはすごいんだぞぉー！　もっと讃えろ！　褒めろ‼

「うん、本当にすごい‼　ありがとう」

尻尾が異常なほどクネクネと動き、まるでマタタビを嗅いだ猫のように嬉しそうなジェード。

それを見ながらセラフィはため息をつき、「今度は妾の番じゃな」と蹄を鳴らした。

セラフィが首をグルリと回すと、細かい光の粒子が辺りを覆う。

その光は、私に、リクロスに、その周囲の人々に当たって、雪のように溶けて消えていった。

——妾の主に何かあったら大変ゆえ、先に応急処置じゃ。

どうやら私が王妃様についていた匂いに、ほんの少し惑わされたことも知っていたようだ。

吸ってしまった香りによる影響を、消してくれたのだろう。

それからセラフィは王妃様に近づくと、鼻の先をコツンとつけた。それだけで、王妃様の顔色は徐々によくなっていく。苦しそうに歪んでいた表情も安らぎ、スゥスゥと柔らかな眠りに落ちた。

セラフィが王妃様から離れると、王様や使用人たちが彼女の側に近づく。

「王妃を部屋へ！　……いや、待て。別室に‼」

「王妃様」

「王妃様っ！」

王様の一声で、バタバタと使用人たちが王妃様に駆け寄り、外へ連れていった。

それと入れ代わるように、騒ぎを聞きつけたのであろう、青年と女性が何事かと部屋へ入ってくる。

「父う……陛下！　何があったのです？」

「母上！　いったい何が……⁉　それに、この方々は⁉」

二人とも髪の色は王様に似ている。特に青年の顔は、王妃様によく似ていた。

「クレイス、サランベーラ……王妃は、花の毒で倒れたのだ」

「花の毒、ですか？」

クレイスと呼ばれた青年は目を見開き、王様は頷いて続ける。

「ここにいる動物は皆、眷属（けんぞく）様だ。そこにいる少女と絆（きずな）を結んでおられ、王妃を助けてくださった。――メリア殿。君の眷属（けんぞく）様方の力を貸してほしい」

王様は私のほうに向き直り、頭を下げて頼んだ。

王様が言うには、王妃様の様子からロートスの花は彼女の自室か、その周辺にある可能性が高いとのこと。彼女の専属使用人も中毒になっている可能性があるため、匂いの元の除去、及び中毒者への治療をお願いしたいとのことだった。

「それなら……セラフィ、ジェード、頼める？」

——もちろんじゃ、妾の主。これの被害は通常の治療では癒せぬゆえ、力を貸そうぞ。

——えー、おいらは嫌だよぉ。元々おいらは神様に頼まれただけで、ノロマにお願いされてもなぁ。

「ジェードの風の力が絶対に必要なの」

私が食い下がると、ジェードは得意げな表情をする。

——絶対に必要？　ふーん、ふーーーん、そっか。そーか！　んじゃあ、どうしてもって言うなら聞いてやってもいいぜー。

「絶対、絶対、どうしても必要なの！　お願いします」

——仕方ないなぁ!!　そこまで言うならやってやるよぉ!!

ニマニマッとした顔で胸を張りながら、ジェードが歩き始める。

「ま、待って。匂いの元の場所、わかるの？」

——おいらの鼻を舐めちゃいけないよ！　これでも敏感なんだ。花の在り処はこっちだ!!

戸惑うことなく駆け出したジェードのあとを追う。

ジェードは速度を落とすことなく走りながら、こちらを向いてゴゥと叫んだ。

——おーい。ノロマ!!　来る途中の窓、全開にしとけよー。もう、この辺りからかすかな匂いが出てきてる!!

「わ、わかった!」

私は慌てて窓を開ける。するとあとを追いかけてきたリクロスと王様たちに「何してるの?」と尋ねられた。

「ジェードが言うには、もうこの辺りから花の香りがかすかにしてるって。窓を開けて匂いを逃さないとダメみたい」

「なんだと。皆の者、城の窓をすべて開け!　早くしろ!!」

王様の号令で、皆が一斉に窓を開け始める。

——ふむ、既に軽度の中毒者がおるようじゃ。

セラフィの体から先ほどと同じ細かい粒子の光が舞い、周囲の人へと飛んでいく。

窓を開けるのは使用人に任せて、私はジェードが向かったほうへと急いだ。

——ここだ。ここが一番匂うぜ!!

ジェードがいたのは、とても豪華な扉の前だった。

護衛兵が突然現れた虎に戸惑いながらも、なんとか侵入を止めようとしている。

それを見た王様が、護衛兵たちに叫んだ。

「控えよ！　眷属様だ‼」

「へ、陛下！」

「こ、これが眷属様！」

王様の一言で、護衛兵が扉の前から退く。その動きはどこかぎこちなく、目が虚ろだ。

――彼らも中毒者のようだのう。

セラフィが慣れた様子で癒しを与える。

あっという間に護衛兵たちの目の焦点が定まり、「これは、いったい？」と動揺していた。

先ほどまでの自身の体の異常さに、今更ながら気がついたようだ。

――ノロマ！　さっさと扉を開けやがれ‼　いいか、その間、絶対息を吸うんじゃねえぞ！

ジェードはそう言うと、私を扉の前へと押し出した。

扉は、豪華な割に意外と軽い。ギッと僅かな隙間が開いたその瞬間、そこに向かって風が吹いた。

扉が全開になり中を覗くと、部屋の中央でびゅるるるるーと風が渦を巻いている。

——窓！

ジェードの声が聞こえたわけじゃないけれど、追いついてきていた使用人たちが手際よく窓を開ける。すべての窓が開くと、すぐに部屋の中央の風が飛び出していった。私は急いで辺りを見回す。

「は、花は……？」

——ここだ！　ノロマ。これが、ロートスの花だ。

「これが……」

その花は、小さなつむじ風の真ん中で揺れている。匂いが飛ばないように、ジェードが風で覆ってくれているのだろう。

幽玄な光を纏ったそれは、昔写真で見た月下美人のような花だ。

その美しさに魅せられて、ふらりと手が伸びる。

「ダメだよ、メリア」

「リクロス……」

伸ばしかけた私の腕をリクロスが掴み、言い聞かせるように告げた。

「この花には、触れちゃいけない」

「う、うん」

リクロスの強い言葉に押されて、私は頷く。すると、私の隣にラリマーがやってきた。そしてンモォーと、間の抜けたラリマーの声とともに、花がたちどころに元気をなくして枯れていく。

大輪の花がしぼみ、ぽとりと床に落ちた。

――ここまで枯れたら、も～、匂いはないよぉ～。

ラリマーの言葉とともに、風がやむ。

枯れた花を拾うと、カサカサと乾燥しきっていた。それを見た瞬間、脳内辞書が働く。

《ロートスの花（枯）ー中毒性のある匂いを放つ花。既に枯れ果て効力がない。魅了の効果を持つ素材として扱われることもある》

素材として扱われているのならば、一応持っておいてもいいだろうか？

一応アイテムボックスへ仕舞って、「終わりました」と王様に伝える。

王様は唖然として、その現場を見つめた。

「さすが、眷属様だな……」

――でしょ、でしょ？　もっと、おいらを褒め讃えていいんだぞぉ！

「皆、ありがとう」

ふふーんと座って胸を張るジェードと、セラフィ、そして花を枯らしてくれたラリマー

に感謝の気持ちを伝える。

――当然のことをしたまでじゃ。

――えへ～褒（ほ）められちゃった～。

――おいらはやっぱり、すごいだろう!

私は三匹の頭をそれぞれ撫でながら、花はどこから来たのだろうと、ふと思ったのだった。

――母である、王妃が倒れた。

彼女が城の壁を破壊して、魔力を暴走させ、父である王を巻き込みかけて……

王妃が倒れる瞬間を、第二王女のフュマーラは確かに見ていた。

『母が倒れたら、お前は困る。助けられるのは兄しかいない。兄を呼びに行かなくてはいけない』

頭の中でそう、声がした。そうだ。兄を呼びにいかなくては。

騒ぎを聞いた人が、王妃が倒れた部屋の前に集まっていく。それを避（よ）けながら、フュマーラは王城を抜け出した。

捜さなくては。捜さなくては。

どこにいるのかわからず、ただひたすら、人気のない林の中を駆ける。

「お兄様！」

林を抜け、さらに人が来ない森の奥にポツンとある小屋。そこに兄はいた。

「おお、フュマーラ」

よかった、見つかった。フュマーラは安堵しながら、自身の兄に近づく。

兄は彼女を見ると、よく来たと迎えてくれた。

……あら？　おかしいわ。兄の手は細くてスラリとしているの。その手が、頭を優しく撫でてくれるの。

それなのに、今、フュマーラに触れている手はゴツゴツしていて、荒々しい。

彼をもっとちゃんと見ようと顔を上げると、白く美しい花が目の前に差し出された。

――ああ。いい匂い。確か、兄に言われて、母にも一輪あげたものだ。

「あ……お兄さ……ま」

フュマーラは頭をぼんやりさせ、口を自然と開く。それを見た男は、口元を歪めた。

「ワシがお前の兄だ。こんな顔で、こんな声だ。お前はそれを疑わない。いいな」

「私は……お兄様を疑いません」

だらりと肩の力が抜けていく。何も考えられないくらい、幸せでいっぱいになる。

兄の声がする。

……もう私ったら、お兄様がおかしいと思うなんて。いつものお兄様じゃない。

そう思ってふふっと笑うと、兄が尋ねる。

「それで？　どうした」

「そう、そうだったわ。お母様が倒れたの……。魔力を暴走させて……」

「ほぅ……そうか。そうか。花の効果が出たようだな」

兄がニヤリと笑う――優しい兄が、普段しないような顔で。

「お兄様？」

なぜ彼は母の心配をしないのだろうと、首を傾げて見つめる。

その視線に気づいたのだろう、兄はフユマーラを安心させるように柔らかく言った。

「大丈夫だ。フユマーラよ」

「本当？」

「ああ、本当だとも。だから安心しておやすみ」

「ええ」

そうだ。すべて兄に任せればいい。

フュマーラはそう思って、ゆっくり目を閉じた。

トロリとした目をしたフュマーラに優しく声をかけると、彼女は小屋の粗末な椅子に座り込んで眠りについた。

男はくくっと笑い声を漏らす。作戦通りだ。

この花の存在を最初に聞いた時は眉唾物(まゆつばもの)だと思っていたが、まさか本当に強い威力を発揮するとは予想していなかった。

花の扱い方は簡単だ。相手に匂いを嗅(か)がせて、夢心地の間に何度も何度も洗脳する。

それだけだった。

最初はフュマーラの使用人にこの花の香りを嗅(か)がせ、彼女の部屋に置かせた。

そして虚(うつ)ろになったフュマーラに自分が兄なのだと囁(ささや)けば、この哀(あわ)れな小娘はすぐに信じ込んだ。

そのあとも簡単だった。花の中毒者と化した使用人もフュマーラも、男の言うことならなんでも聞く。

城のありとあらゆる情報がすぐに届くようになった。

男は、城の支配者になったと感じていた。

王妃を操っている最中に、アンジェリカの話が聞けたのは幸運だった。アンジェリカを牢へ入れるよう王に勧めろと言えば、王妃は少女のように顔を赤らめ、嬉しそうに出ていった。元々たまっていた鬱憤もあったのだろう。

「フュマーラよ。お前のおかげで計画通りに事は進んだ」

これからのことを思い、男は舌舐めずりをする。

今はまだ手を出すことはできないが、フュマーラの美貌と体は最高だ。

男はいつか思いのままにする時を想像して、その頬をゆっくりと撫でる。

「んん……」

暗示が効いているフュマーラは目覚めない。

「すべてがうまくいけば、お前はワシのものにしてやろう。くくく……」

男が不気味に笑った時、ガタッと音が鳴る。

何事だと振り向くと、そこにはフードをすっぽりと被って顔を隠した男が立っていた。

それは、彼の前に突然現れ、この花を差し出してきた商人だ。

「おお、お前か。計画は順調のようだぞ」

「あの花を得るために随分骨を折ったのよぉ。うまくやってるんでしょうね」

商人の問いに、男は下卑(げび)た笑みを浮かべる。

「もちろんだ。今、王妃が魔力を暴走させて倒れたと、この娘が知らせに来た」

「あら、それは朗報じゃないの」

ふふふっと、フード姿の商人は笑う。

男は自身の腕にはめているブレスレットを見ながら、商人に野望を語る。

「このブレスレットに、あの花の香りを無効化する効果があるとはな。王を巻き込んで王妃は倒れた。王子にもこの花を与えて乱心させて殺(あや)めれば、ワシは英雄となる。そしてフユマーラを娶(めと)れば、ワシは名実ともにこの国の王だ！」

「その時は、わかっているわよねぇ？」

「ああ、わかっているとも」

この商人のおかげで野望が叶うのだ。少しくらいの融通(ゆうずう)は利かせてやろう。

男はそう考えながら、この間商人に商談委託証を書かされたことを思い出す。

それがどうだったのか問うと「ダメだったわ」と呆(あき)れたように言われた。

「王族が出てきたせいで計画が崩れたわ。なんであんな田舎(いなか)に王族がいたのかしら……」

「田舎（いなか）に、王族？　ワシは聞いておらんぞ」

「そりゃそうでしょうよ。……の……に………なんて」

商人は眉をひそめながら何かを言う。彼の口が動いていることはわかるのに、男には聞き取れない。

「なんだ？　なんて言った？」

「なんでもないわよ」

なんでもないのか。ならば、いい。それよりも、計画がうまくいっていることのほうが重要だ。

商人の言葉を聞いて、男はよしよしと首を縦に振る。

「くく、ハハハハハハハ!!」

男は商人がいることもフュマーラがいることも忘れ、明るい未来を夢見て笑い続けた。

花の除去が終わり、私が王妃様の部屋から出ると、そこには涙目でふるふると震える女性が立っていた。確か、アンジェリカ様のお母さんの、第二王妃だったかな？

「あ、あのぅ……」

女性は、遠慮がちに声をかけてくる。

その姿は、以前部屋に来た時に比べて、少し痩せていた。

それにあの時とは違って落ち着いており、こちらとの会話を望んでいるように見える。

「ラーア。まだ謹慎中のはずだが？」

王様は厳しい目で第二王妃様を見る。彼女は眉尻を下げながら、きっぱりと言った。

「申し訳ありません、我が君。じゃが、部屋で反省すればするほど、わからなくなったのじゃ」

「なんだと？」

「愚行を恥じよと我が君に謹慎を言い渡され、妾は考えた。考えたが、あの時、妾はどうかしていたのじゃ。アンジェリカの処遇を決めたのは我が君じゃ。その少女を責めたところで覆るわけもないのに、其方に許してもらえば、アンジェリカは解放されると思い込んでおった」

王様は第二王妃様の話を聞く気はない様子だけれど、私にはふと疑問が浮かぶ。

「アンジェリカ様のことを聞いたのは、誰からですか？」

「ん？　確か……王妃様じゃ。あの方から娘のことを聞いて、気づいたら其方の部屋へと駆けていた」

私が尋ねると、彼女は普通に答えてくれた。

第一王妃様は重度の中毒状態だった。自身の体にもロートスの花の香りが染みついていたくらいに。

第二王妃様は、その香りにあてられたのかもしれない。

本当に僅かな香りでも、夢の中のような気分になってしまう感覚を思い出して、ぞわりと震える。

――ちょっと！　まだもう一ヶ所あるんだけど！　何、終わったみたいな顔してんだよ！

ジェードの言葉に、私は耳を疑った。

こんな危険な花が咲いている場所が、まだあるって言うの？

リクロスや王様にジェードの言葉を伝えると、彼らも目をパチクリさせ、すぐにジェードに案内を頼んだ。

王妃様の部屋からそれほど遠くない部屋に、それはあった。

「この部屋は……フュマーラの部屋だ」

サランベーラとかいう王女様が、青ざめた顔で呟いた。

先ほどと同じように、僅かに開いた部屋の中にジェードが風を送り込み、その力で匂いを閉じ込めてくれる。部屋の中では数人の使用人が虚ろな目をして、うっとりした表情を浮かべながら座り込んでいた。

セラフィが癒しを与えると、彼らは何が起こったのかと夢から覚めたように狼狽える。王様たちの険しい顔に気づいて、それは不安げな表情へと変わった。

——匂いはこっちのが臭かったぞ！

ジェードが大きな声をあげる。どうやら、こちらの部屋のほうが匂いに晒された時間が長かったようだ。

ふと、先ほど王妃様が倒れた時に駆けつけた青年——クレイス王子が問いかける。

「ねぇ、フュマーラはどこに行ったの？」

「フュマーラ様？　フュマーラ様は……どこ、どこへ……？」

使用人たちは辺りを見回すが、誰もその質問に答えられなかった。

「ジェードが言うには、ここが一番匂うらしい。夢心地にして人を操れるなら……」

「自分から犯人のもとへ行ってもおかしくはないよね」

私とリクロスの会話を聞いて、王子様たちは信じたくないと首を横に振る。

——ご主人様。

「どうしたの？　フロー」

突然話しかけてきたフローに、私は首を傾げる。

――最初、花を持ってきたの、この女性みたい。

フローはそう言って、使用人の一人を示した。

「っ‼　わかるの？」

――僕は、ものの気持ち、感じるから。

そういえば、フローはそういう力があるんだった。

この世界で最初に包丁を研いだ時に、『喜んでるよ』と教えてくれたのを思い出す。

「花のことを知っていますね？」

私がフローが示した人に声をかけると、彼女はガタガタと震え、目に涙を溜めて話し始める。

「あ……ああ、あの、あた、あたしは……頼まれて」

彼女の言うことは最初は曖昧だったが、話していくうちにだんだん記憶がはっきりしてきたようだった。

彼女が言うには、その花を渡されたのは二週間ほど前のこと。誰かに声をかけられて振り向いたらいい香りがして、そこからは頭にモヤがかかったようであまり覚えていないようだ。

けれど、「この美しく貴重な花は、社交界の妖精と名高いフュマーラ姫にこそ相応しい。彼女の部屋に飾ってほしい」と頼まれたのだけは、はっきりと覚えているらしい。

普段ならばそんな勝手な頼みは聞けないと断るのに、なぜかその時は「その通りだ。この花はフュマーラ姫に差し上げなくては」と思い込んでしまったという。

「それで、あなたに花を渡したのは誰なんですか？」

クレイス様が話を聞きながら、少し苛立ったように先を促す。女性は、懸命に思い出そうとして、一人の男性の名前を告げた。

「花、花は……あの方は、アーロ……そう、アーロゲント卿です！」

その名前を聞いた瞬間、王様も王子様も王女様も、苦虫を噛み潰したような顔になった。

それだけで、その人がいかに嫌われているのかがわかる。

「アーロゲント卿か……フュマーラは彼が攫った可能性が高いわけだな」

「あの方でしたら、十分あり得るでしょうね」

視線を下げた王様の言葉に、クレイス様が頷く。けれど、サランベーラ様は腑に落ちないようだ。

「だが、あいつは野心家ではあるが、それを隠そうともしない小物だぞ？」

「そもそも、どうやって花を手に入れたんでしょうか？」

クレイス様は首を傾げている。王様は、大きくため息をついた。

「……その経路を調べるためにも、やつを捕らえる必要があるな」

三人がそれぞれ方法を考え始めたけど、オパールとオニキスに頼めば、フュマーラ様を見つけられるし、アーロゲント卿もすぐに探し出せるはずだ。

「この子たちに頼めば、すぐに会えると思います」

私の言葉に、サランベーラ様とクレイス様は目を輝かせる。

けれど、王様だけは渋るような顔をして首を横に振った。

「いや、それはダメだ」

「なぜですか？」

「今回、この花の件で眷属様方には世話になった。だが、アーロゲント卿を捕らえるのに眷属様の力を使えば、教会に君たちのことが伝わってしまう可能性が高い」

王様はそう言うけど……ここまで来て、皆を放置することはできない。

「もう関わってしまっていますし、お城の中をこれだけ引っ掻き回したんです。手遅れでは？」

「城内にいる使用人たちには箝口令を敷く。皆、眷属様に救われたのだ。命じなくても口を噤んでくれるだろう。だが、アーロゲント卿を捕らえるために眷属様の力を借りては、貴族たちにバレてしまう。彼らの中には王家を軽んじている者もいるから、命令を聞かない可能性がある。だからこそ、アーロゲント卿の捕縛と処分は我々に任せてほしい」

真剣な表情でそう言われてしまえば、頷くことしかできなかった。

「でもさ、アーリゲンカ卿だか、アーロゲーン卿だか知らないけど、その人がまだ花を持っていたらどうするつもり？　花がなくても、香りを身に纏っているかもしれないよね？　王妃様みたいにさ」

「それは……」

リクロスの指摘に、王様が口ごもる。

するとサランベーラ様が案を出した。

「それなら、私が彼の周りに風の壁を作ればいいのではないか？　私は、風属性の魔法の扱いには多少自信がある。先ほど眷属様がなされたように、彼の周りに風の壁を作るようにすればいいのだろう」

「そうだね。でも、どうやって捕らえるつもりなの？」

リクロスはその案に頷きつつも、疑問を投げかける。それに対して王様が言った。

「花の存在はなるべく隠したい。アーロゲント卿は別件で処罰したいと思っている」

「例えば？」

「王女誘拐……だな」

王様の答えを聞いて、リクロスはなるほどと頷いて、さらに聞く。

「犯人を呼び出したら、警戒しないかい？」

「やつは将軍だ。内密に騎士団を動かしたいと言えばいい」

「なら、さっさとしないとだね。お姫様が帰ってきたら、呼び出せないし」

「ああ。その通りだ。すぐに王の名で呼び出そう」

リクロスと王様は顔を見合わせ、計画を練っていく。王様が側(そば)に控えていた侍従に犯人の呼び出しを命じようとするのを、私は慌(あわ)てて止める。

「待って」

「どうしたの？　メリア」

私の言葉に、すぐにリクロスが反応してくれた。私は彼を見つめて言う。

「あの時、王妃様は魔力を暴走させて、王様と死のうとしたんですよね」

「ああ、そうだ」

王様が、思い出すのも嫌そうな顔をする。妻である王妃を失いかけたのだから、当然かもしれない。

「なら、王様ではなくてクレイス様が呼び出したほうがいいと思います」

「なぜ？」とリクロスが問う。サランベーラ様やクレイス様も同様だ。

王様だけは、私の言葉の意図を察しているようだった。

「使用人にも、あの花の香りの影響は及んでいた。恐らくやつはそれを見越しているだろう」

「あの時、リクロスが咄嗟に睡眠の魔法をかけたから、王妃様も、王様も無事で済んだんですよね？」

私が言うと、そういえば礼がまだだったと王様がリクロスに頭を下げる。

「ああ、そうだな。感謝している」

それに対して、リクロスは居心地が悪そうに顔を背けた。

「別に。僕もあのままだと危なかったかもしれな……そうか」

ふと気がついたように、リクロスは私を見た。

「もし、リクロスが魔法で王妃様を止めなかった場合、王様も王妃様も重体。周囲も何事かと騒ぎになる。そんな時って普通、城の外へ出るのって厳しくなるよね？」

ドラマなんかでも、犯人を逃さないために、疑いのある人を逮捕することは、普通に考えられることだ。王様もそれを肯定する。

「そうだな。俺が身動きがとれなかったとしても、花の影響が軽度の者や正気の者たちが中心になって城を封鎖し、城中の人間を厳しく調べたはずだ」

「騒ぎになることを予想していたなら、事が起こるほんの少し前に城を脱して、どこかに身を隠す……はず」

「俺が無事であることを知らない可能性があると？」

王様に聞き返され、私は首を縦に振った。

「もしかしたらもう耳に入っているかもしれないけれど……犯人の作戦通りに進んでると油断させるためにも、王様よりクレイス様のほうがいいと思います」

「……よし、わかった。どちらにしろ呼び出しには応じるだろう。花の効果を知っているのならば、中毒になった城の者を操りたいはずだから、城には来るはずだ」

王様が私の言葉も一理あると、頷いた。

「それと、サランベーラ様が提案してくれた風の壁なんですけど……本人の周りで風がぐるぐる回っていたら、相手もすぐにわかってしまうんじゃないかな？　違う方法がいいと思います」

「確かにそうだね」

私が指摘すると、リクロスも頷く。

「彼には私たちの時みたいに、人が少ない場所で会うんですか？」

「ああ、そのつもりだ。狭いところのほうが逃げられにくいからな」

王様が狭い場所にする理由を教えてくれる。なら、あの原理が使えるはずだ。

「なら、風向きを利用しましょう」

「メリア？　どうするつもり？」

私がニヤついていると、リクロスと他の皆は不思議そうな顔をしている。

私は説明が難しいからと、紙をもらって図に描くことにした。

サランベーラ様から犯人に向かって風を流し、さらに二人の間を遮るように、縦に風のカーテンをひく。前の世界の技術であるエアカーテンの仕組みと同じだ。覚えていてよかった。

そうすれば、香りはサランベーラ様のほうへは届かないはずだ。

「ふむ、なるほど。だが、これだと魔法の使い手が二人いるな」

あ、そこは考えてなかったや。どうしよう……私は頭を抱える。

するとジェードが、ジトッとした目をしながら私たちの会話に入ってきた。

――お前ら、馬鹿なのか？

「馬鹿って……」

――お前はノロマだったけど、馬鹿でもあったんだな！　香りを防ぐ方法は考えても、無効化する方法を考えないのはなんでだよー？　草のがいるんだから、草のに聞くのが一番早いだろうに。

「無効化する方法⁉　そんなものがあるの……？」

私がびっくりしていると、ラリマーが近寄ってくる。

――ロートスの花はね～その香りとよく似た花の香りを重ねると、その効力を失うんだよ～。

そう言ってラリマーが出してくれたのは、花びらが幾重にも重なった、ピンクがかった花だった。そこから香る匂いは、ロートスの花の甘い匂いに確かによく似ている。

「これは……薔薇？」

――んーなんだったかな～？　忘れちゃった～。でも、この香りがあれば、花の中毒にならないよぉ～。

それは前の世界の薔薇によく似ているけど、この世界では違う名なのかもしれない。

それはともかく、私はラリマーを見つめた。

「そうなんだ。ラリマー、これを多めに出せる？」

――土が欲しいかな～。

「あの、庭を少しお借りできますか？」

王様は戸惑ったように「貸せるには貸せるが……」と言葉を濁す。

皆の困惑を代弁するように、リクロスが口を開いた。

「メリア、先にどうして庭が必要なのか、僕らにも教えてくれない？　ついでにその花は何？」

「あ、そ、そうだね」

いけない。つい焦ってしまった。

リクロスたちに、ラリマーが出してくれた花がロートスの香りを無効化することを伝えると、王様はすぐに納得して庭を貸してくれた。

王様に案内された場所は、薄い黄土色の土がある庭だった。

その上をアンバーが飛び跳ねると、見る見るうちに黒く変わり、湿った土へと変化していく。

それがある程度の広さになると、今度はラリマーが、ンモォーーーと大きな声をあげた。

するとそこから芽が出て、早送りの映像みたいにぐんぐん伸びる。やがて蕾がつき、あっという間に花が咲いた。

「ラリマー、アンバー、ありがとう」

――どういたしまして。

――どうってことありませんわ。

二匹にお礼を告げていると、バサバサッと音がする。

振り向くと、ジェードが風の力で器用に花を切ってくれていた。

――そーれ！　ノロマ!!　早く切り取った花を持っていきなよぉー。

「あ、ありがとう」

私が王様たちを見ると、彼はジェードの切り落とした花を使用人に拾わせ、城中に飾るよう命じた。

さあ、これで準備は完璧だ。あとは、犯人を呼ぶだけ。

よーしと張り切ったのも束の間、私と眷属たち、そしてリクロスは、念のために別室にて待機してほしいと王様に言われてしまったのだった。

王は王子の名でアーロゲントを呼び出したあと、執務室で彼を待っていた。

城中に花が飾られ、そこかしこから甘い匂いが立ちこめる。

「これが、眷属様の力か」

王がそう呟くと、王子のクレイスも感心したように口を開く。

「これほどまでの力を持っているのですね。話には聞いていましたが、驚きを隠せません」

王都に近くなれば近くなるほど、土には栄養がなくなり、草は雑草が少し生える程度。水も浄化しなくては飲めないほど汚れている。

どこの国も同じようなものなので気にしたことはなかったが、眷属様が力を使えば、あっという間にこの王都も自然豊かになるのだろうかと思ってしまう。

「……惜しいですね」

クレイスがボソリと、王が考えていたのと同じことを呟く。

そう、惜しい。彼女をここに留めれば、どんなことでもできるだろう。

だが権力を使って、彼女の意思に反してそうすれば、あの眷属様たちはたちどころに牙を剥くに違いない。

眷属様だけではない。あの魔族の青年も同様だ。

あの青年は、メリアに付き添いながら、ずっと彼女だけを気遣っていた。

王族と話していた時でさえ、彼女が口を開けばすぐに意識をそちらへ向けていた。

「彼女をここに縛ろうとすれば、眷属様たちにこの国を滅ぼされてしまうかもしれん。

付かず離れずで見守るのがいいんだ。ちょうどいいことに、あの村にはマルクもいるしな」

「はい」

王の言葉を承知したとばかりに、クレイスは頷いた。

眷属様の力も、魔族の青年も、要になるのはあの少女だった。

見た目は愛らしく幼いが、知識もそれなりにあるようで、どこかチグハグに感じる。

普段は見た目通りなのに、ふとした瞬間にまるですべてを悟ったような、すべてを諦めたような、そんな表情を浮かべるのだ。

その瞬間、側にいる眷属様が彼女に話しかけるので、王にはそれが何を意味するのかはわからないが。

「さて、そろそろか。気を引き締めろよ」

「もちろんです」

クレイスが扉を見つめたのを見て、王は少しだけ後ろに下がる。

王は使用人の服を着て、帽子で顔を隠している。アーロゲントを油断させ、思惑を聞き出すためだ。

――さて、あいつがどんな態度をとるのか、それが少しだけ楽しみだ。

王がそんなことを考えていると、すぐにノックの音がする。

「クレイス様、アーロゲントです。入りますぞ！」

「どうぞ」

意気揚々と入ってきたアーロゲントに対して、クレイスは深刻な顔をする。

「いったいどうなさったのですか？　そのような浮かない顔をされて」

アーロゲントはわざとらしく眉をひそめる。クレイスはくしゃりと顔を歪めた。

「実は、今日……母上と父上が……っ」

「王妃様と王様が、どうなされたのです？」

「母上と父上が……お倒れに、お倒れになったのです……」

「な、なんですと!!　そ、それで容体は、どのようなご様子で……」

クレイスの発言にアーロゲントが一瞬ニヤついたのを、王は見逃さない。

――間違いない、こいつが犯人だ。

クレイスは、悲痛な表情を続ける。

「芳しくないようで……。まだ息のあるうちに、妹たちにも最後の別れをさせているところです。ですが、城中を捜してもフュマーラの姿が見当たらず……。そこで手遅れになる前に、将軍であるあなたの騎士団に、王都を捜してもらいたいのです」

「そういうことでしたら、ご安心くだされ。ワシの騎士団が捜せば、あっという間にフュマーラ姫も見つかりますぞ！」

「貴殿にそのように言ってもらえれば心強い。よろしくお願いします」

クレイスは律儀に頭を下げる。アーロゲントは満足そうに笑い、口を開いた。

「はい。ところでクレイス様」

「なんでしょう？」

「少し、お近くに行ってもよろしいでしょうか？」

「あ、ああ。構わない」

下心が透けて見える表情で、アーロゲントはクレイスに近寄ると、懐から花を取り出した。

既に二度見た、ロートスの花だ。

「これは？」

何も知らないというように、クレイスは首を傾げる。アーロゲントは滔々と言う。

「傷心でしょうから、珍しい花をご覧になれば少しは気が休まるかと」

「そうでしたか、心遣いに感謝いたします」

「城の花の匂いにも負けないほど、よい香りでしてな。さあ、嗅いでみてくだされ、まるで夢のような匂いですぞ！」

ロートスの香りは無効化されたからクレイスに被害がないとはいえ、王はニヤリと笑うアーロゲントの顔が許せなくなる。彼はアーロゲントに歩み寄り、思わず花を持っている手を掴んだ。

「貴様！　城中を巻き込みながら、さらにクレイスまでその毒牙にかけようというのか!!　許せん!!」

「何をっ！　ワシを誰だと思っておるのじゃ!!」

「貴様こそ、この俺の顔を忘れたとは言わせんぞ!!」

そう言って、王は帽子を脱いで床に落とした。

「な、何？　……王!!　なぜ、ここに!?　危篤のはずじゃ……」

王の顔を見て、声を震わせるアーロゲント。しかし掴まれた手を見て我に返ったのか、暴れ出した。

「ええい、離せ!!　お主も、既にこの花の香りを嗅いでいるはずっ！　言うことを聞け！」

「僕も、陛下も、この城の者たちは皆その香りに惑わされませんよ」

クレイスはアーロゲントに向かって冷静に告げる。

「なにっ!!」

「貴様がその花をフュマーラに渡したことも既にわかっている！」

王がアーロゲントにそう告げると、彼は顔を真っ青にして慌てふためいた。

「なぜ、なぜだっ！」

「その問いに答える義務はない。この者を捕らえよ！　罪状は国家反逆罪、並びに王女誘拐罪だ‼」

隠れていた兵士たちが、一斉にアーロゲントを取り押さえる。

「馬鹿なっ‼」

「此奴の服を脱がせ、罪人の服を着せよ。それから、この者の服にも香りが付着している。服の処分はのちのち決めるので、花に埋もれさせておけ」

「御意‼」

兵士たちは、あっさりアーロゲントを縛り上げる。

アーロゲントは将軍といっても代々の家柄がそうなだけで、本人は稽古もせず遊び呆けていた。

だから、一般の兵士でも十分に太刀打ちできてしまう。

「離せ、離せ、ワシを誰だと思っておる‼」

抵抗するアーロゲントを、王は冷ややかに見る。そして、思い出したように口を開いた。

「ああ、そうだ。その花はどこから仕入れたんだ？」

「ふんっ！　言うものか!!　……絶対に許さんからな！　この借りは必ず返してくれるっ!!」

アーロゲントを捕らえたものの、フュマーラはまだ見つかっていない。

「やつの領地も含め、すべて調べよ。アリ一匹逃すな！」

そう命じると、兵士たちは待機していた小隊ごとに散っていった。

「見つかるでしょうか？」

「わからん。だが、やつを拷問すれば、何かしら吐くかもしれん。……この一件、我々だけでは解決はできなかっただろうな」

「はい」

クレイスは不安そうにしながらも、王の言葉に小さく頷く。

複数の眷属様と絆を繋いだ少女。その存在が教会にバレ、教会に取り込まれれば、この世界の権力のバランスが崩れかねない。

だが、しかし……

「本人にその自覚が全くないのが問題なんだよなぁ」

あの少女は、自身の持つ力だけではなく、眷属様の力にも無頓着なのだ。

そして眷属様も、こちらに配慮する様子はなさそうだ。ただひたすら、あの少女を愛でている。

「まるで、この世界の愛し子のようですね」

「ああ、それがぴったりだな」

王はクレイスとともに今後の苦労を想像して、ため息をつくのだった。

第十一章　事件の解決と王女の希望

「大丈夫かな？」

王様とクレイス様が犯人を呼び出してから数時間が経つ。

別室で待機している私は、心配になってふと呟いた。

ここには、風の魔法が得意な第一王女サランベーラ様が、私たちとともに待機していた。

薔薇によく似た花のおかげで彼女に魔法を使ってもらう必要がなくなったので、一緒にいてくれることになったのだ。

「メリア殿、父上も兄上も、ああ見えて鍛えている。ましてや、このたびは眷属様にもお力添えしていただいたのだ。負ける要素はないだろう。無事、逆賊アーロゲントを捕らえ、妹フュマーラを助け出してくれるはずだ」

自分の母親が倒れ、妹が行方不明で、父親と兄がその犯人と対峙しているのに、サランベーラ様は少しも不安を見せず、気丈に振る舞っている。

王様たちもそうだった。

国の指導者って、そういう人なんだろうか？

――おいら、お腹減ったぞぉー。

まるで我が家にいるかのように、ジェードがソファにだらしなく横になりながら言う。

――そうですわね。私も頑張ったから空いてきましたわ。

アンバーも同意し、他の子たちも「空いたー」と言い始めた。

「わかった。ちょっと待ってね。……サランベーラ様、眷属たちがお腹を空かしているので、ちょっとご飯をあげてもいいですか？」

「だったら、すぐに準備をさせよう」

「いえ、アイテムボックスがありますので」

サランベーラ様の申し出を断って、何もない空間からぽんっと取り出したのは、既にカットしてある果物だ。

それを、アンバーやオパールは、とても嬉しそうに食べ始める。

次にハンバーグや唐揚げを取り出すとジェードは目を輝かせ、じゅるりとよだれを垂らした。

――何これ⁉　ノロマが作ったのか！　おいしそうっ‼

「そうだよー。ていうか、いい加減ノロマはやめてよ」

――だって、おいら、ノロマの名前知らないもん。

あぐあぐと唐揚げを頬張るジェードに、そういえば伝えていなかったなぁと今更ながら思う。

「ごめん。私はメリアだよ、ジェード。いっぱい、頑張ってくれてありがとう。お腹いっぱい食べてね」

お詫びにと、少し大きめに切ったステーキ肉を差し出すと、ジェードは嬉しそうに笑った。

――まあいいってことよぉー。飯も美味いし、気に入った！　しばらくは一緒にいてやるよ‼　メリア。

そのあとジェードは夢中でご飯を食べていたので、今度はサラダを取り出してラリマーとセラフィに渡す。

「ラリマーも、セラフィもありがとう。王都だと、これだけの力を使うのってとても大変なんでしょう？」

私が労うと、二匹は得意げな顔をする。

――まあね～。でも、マスターが喜んでくれたなら、頑張った甲斐があったよぉ～。

――そうさのう。それに、あの花のことは、我らが長にも告げなくてはなるまいしな。

セラフィの言葉に、いつもは穏やかなラリマーが、珍しく重々しく話し出す。

――うん～。あれは、栽培しないように目を光らせているのに、どうしてなのかな～？

「犯人が捕まったら、問い詰めてみればいいよ」

――そうだねぇ～。

ラリマーは穏やかな口調に戻って私に答えると、サラダを食べ出した。

頑張ってくれた皆にそれぞれご飯を配り終えて顔を上げると、サランベーラ様がぽかんとしている。

首を傾げると、リクロスが苦笑しながらわけを教えてくれた。

「メリアのアイテムボックスに驚いているんだよ」

あ、そうか、そうだった！

アイテムボックス自体はスキルとして存在するけど、かなり貴重なんだった!!

「メリア殿には、驚かされるな」

「はは、そうですかね……」

感心したように言ってくれるサランベーラ様だけど、なんとなく話を誤魔化したくて、何か方法はないかと悩む。

そして、ふと服を見て思い出した。そうだ。アンジェリカ様!!

未だ捕らえられている彼女を解放してもらえるよう、サランベーラ様に頼んでみよう。

彼女は悪い人じゃないんだから。

「あの、サランベーラ様」

「何かな?」

「アンジェリカ様のことなんですけど……」

「アンジェリカの?」

先ほどまでにこやかだったサランベーラ様の眉がひそめられる。

この人も、アンジェリカ様のことを誤解しているようだ。

「はい。実は先日、アンジェリカ様が私のところに訪ねてきて——」

私はアンジェリカ様に殴られたことから、職人たちのこと、そしてこっそり牢にいる彼女のもとを訪ねたことまで、サランベーラ様にすべてを話す。

サランベーラ様は顔を蒼白にしたり、真っ赤に染めたりと、表情豊かだけど真剣な様子で聞いてくれた。

すべてを話し終えると、彼女はズゥーンと沈んだ様子で「私は、あの子になんてことを……！」と自身を恥じ始めた。

「なので、早く出して差し上げたいのですが……」

「そうだな。この件が片づいたら必ず、必ず、父に伝えよう……。そして、私もあの子に歩み寄りたい……」

サランベーラ様は私の手を強く握りしめて、そう誓ってくれた。

ちょうどその時、使用人の一人が部屋に入ってきて、犯人を牢（ろう）に閉じ込めたと報告してくれる。

私たちはすぐに王様たちのもとへと向かった。

部屋に入ってすぐに、サランベーラ様は王様に問いかける。

「父上、フユマーラは見つかったのですか？」

「それが、フユマーラを捜す前に花を向けてきてな。思わず手を出してしまったんだ」

犯人はやっぱりまだ花を持っていたのだと知って、思わず眉間にシワを寄せる。

項垂（うなだ）れる王様から差し出されたのはロートスの花と、薔薇（ばら）に似た花に埋（う）もれた布だった。その布を広げてみると、大きめの男性の服だとわかる。

「アーロゲントの着ていた服なんだが、花の匂いが染み込んでいてな。燃やしたら匂いが広がるし……どうしたものかと」

王様が悩んでいる様子を見てか、ルビーくんがひょっこりと顔を出す。

――香りも出ないくらいに燃やし尽くしたろか？

――両方の花の香りが混じれば～害はないよぉ～。こっちは枯らしちゃうねぇ～。

ルビーくんの言葉にラリマーがそう返す。ルビーくんは張り切って花にまみれたままの服に火をつけた。

高温なのだろう、あっという間に燃え果て、その灰をジェードが風に乗せて飛ばしてくれる。

眷属たちがすぐに問題を解決してくれたことに安心していると、ふと疑問が過る。

「自分の服に匂いをつけているって……この花の効果を知っていたのに、どうしてアーロゲント卿は平気だったんだろ？」

クレイス様がそういえばと思い出したように言う。

「ずっと携えていたのに、花に対して警戒している様子もなかったな」

答えの出ない問いに頭を悩ませていると、サランベーラ様が口を開いた。

「捕まったアーロゲントのことよりも、今はフュマーラのことが心配だ！　いったいどこに……」

「今、兵士に捜させている。そこで、先ほどとは矛盾してしまうんだが、眷属様のお力をお借りしたい」

王様はサランベーラ様を宥めてから、私に頭を下げた。

「どういうことですか？」

わけを問うと、王様はフュマーラ様の居場所を聞き出せなかったのだと言う。

王様は元々、アーロゲントに捜索を依頼すれば、手柄を上げるためにフュマーラ様を差し出すと思っていたそうだ。

けれど人気のない部屋に案内したのがまずかったのか、クレイス様に花の匂いを嗅がせようとしたため頭に血が上り、フュマーラ様の居場所を聞き出す前に捕縛してしまったという。

今は兵士たちが牢で居場所を聞き出そうとしているが、アーロゲントは「なぜだ。なぜ、花の香りが……」と呟くばかりで、手がかりはない。

フュマーラ様の部屋に花があったことから、彼女は王妃様と同じくらい中毒になっている可能性が高い。早く見つけなくては王妃様のように魔力を暴走させてしまうだろう。だから、恥を忍んで頼みたいと、王様は言う。

私を教会から隠すために眷属たちに居場所を教えてもらったあとは、偶然を装って探し当てたように見せる。フュマーラ様の浄化は、彼女を王城に連れて帰ってきてから行ってほしいとのことだ。

私は王様にしっかりと頷く。

「私にできることなら、お手伝いします！」

――妾の主がそう言うのならば、いたし方あるまい。

――手伝う。いいよ？

セラフィとオパールをはじめ、他の眷属たちも頷いてくれる。

早速準備を始めようとすると、冷静なリクロスが「いや」と私たちを遮った。

「浄化は見つけたその場でしたほうがいい。誰かが彼女を外に出そうとしたら、死ぬように暗示をかけられている可能性があるからね。花を用意した黒幕もいるだろうし」

「っ！」

「花を用意した黒幕だと？」

安心しきっていたクレイス様と王様が顔を歪める。

リクロスは彼らに鋭い視線の向けた。

「その実行犯が、たまたま花の存在を知って手に入れたと思う？　それも、複数の花を。

眷属様が危険だと言うほどの花を、すぐに採集できるほどのやつが、だ」

「フュマーラ様の近くに、黒幕がいるってこと？」

私が問うと、リクロスが肯定する。

「そう。兵が近づけば、そいつに逃げられることも考えられる」

「……それだったらいい手があるよ」

私はアンジェリカ様が閉じ込められていた部屋に入った時のことを思い出して、そう提案した。

オニキスとオパールの力で、フュマーラ様の影に空間を繋げてもらい、辺りの様子を窺えばいいのだ。

けれど、私や眷属たちが会ったことのないフュマーラ様の影をどうやって探そうか……

そう悩んでいると、ジェードが渋々力を貸してくれた。

風の探索能力はすごいらしく、遠くから漂うかすかな花の匂いも感じ取ることができるらしい。

ジェードに導かれ、オパールとオニキスはフュマーラ様の影へと辿り着いた。

私たちはオパールたちが用意してくれた空間を覗き込む。

フュマーラ様の影から僅かに見えるのは、小屋だろうか？

それに、フードを被った大柄な男。苛立ったように、時折足で床を軽く蹴っている。

「んもう。おっそいわね。あいつ、もしかして急ぎすぎたのかしら？」

あいつとは、アーロゲントのことだろう。行動は粗野なのに言葉遣いはどこか女性っぽく、声はわざと高音を出そうとしているようだ。

……あれ？　この声、どこかで聞いたような？

「あんたも可哀想よねぇ。あんな男に目をつけられて……」

「んぅぅ」

男がフュマーラ様に近づき、頬を撫でる。それだけの刺激でフュマーラ様は僅かに声をあげた。

「あら、敏感」

その反応が楽しいのか、男は何度も何度もフュマーラ様を撫でる。

その様子を見て王様たちが激怒しているのがわかるけど、なんとか堪えてもらう。

しばらく彼女の反応を見て遊んでいた男だったが、飽きたのか、ピタリと触るのをやめて離れていく。

「アァン、もう！　待っているのもつまらない。ちょっと様子を見てこようかしらね。……あんたはそこでゆっくり夢を見てるといいわ」

建てつけが悪いのか扉がギギギと音を立てて開き、その隙間から僅かに木々が見えた。

バタンと扉の閉まる音がして、小屋の中は静かになる。

どうやら、鍵はかけられていないようだ。

フードの男の足音が遠ざかり、フュマーラ様の柔らかな寝息だけが辺りに響く。

「行こう」

サランベーラ様の言葉を合図に、私たちは影へと飛び込んだ。

この場所がわかった時点で、犯人に気づかれないように周囲を囲うよう、王様が兵士に指示を出し、彼らは現地へ向かった。

もちろん、眷属の力だとバレないように、犯人であるアーロゲントの自白ということにしている。

先ほど立ち去った男は、包囲している兵が捕まえるだろう。

万が一小屋に戻ってきたとしても、私たちがいるためフュマーラ様を人質にすることはできない。

「ん……」

影から出てきた私たちの物音を聞いたからか、フュマーラ様の瞼が震える。

それがゆっくりと上がり、私たちを認識した彼女は目を見開いた。

「っっっっ‼　ゃ、いやぁーーーー‼」

まるで王様たちの姿が化け物にでも見えているかのように震えて、声をあげる。

「フュマーラっ！　私だ、サランベーラだ。助けに来たんだ」

「いや、いや、触らないでっ‼」

「眷属様、頼む！　フュマーラをっ！　正気に戻してやってくれっ‼」

手足をバタつかせて抵抗するフュマーラ様を、サランベーラ様は必死で押さえつけて叫んだ。

フュマーラ様に拒絶されたせいか、石のように固まっていた王様たちだったけれど、その声にハッとしてサランベーラ様とともに彼女の手足を掴む。

——ここまで中毒が酷いと、直接肌に触れねば治療できぬ。

セラフィはそう言うけど、治療しようにも暴れている彼女に近寄れない。

「リクロス！　王妃様に使った睡眠の魔法を彼女にかけてっ」

「わかった‼」

私が咄嗟に頼むと、リクロスは頷いてくれる。彼の指先から、すぐに暗い紫色の煙が現れた。

煙は暴れるフュマーラ様へと向かう。彼女は最後まで苦しそうに抵抗しながらも、やがてサランベーラ様のほうへと力なく倒れ込んだ。

セラフィがこちらを見て頷き、フュマーラ様の頭へ顔を寄せる。

その途端フュマーラ様の体が淡く輝き、蛍のような光の粒が浮いては消えていく。

こんな大変な時なのに、不謹慎にも綺麗だと思ってしまった。

そんな私の頭に、深刻そうなセラフィの声が響く。

——重症じゃ。

「え？」

——この者は重症じゃ。治癒はしたが、記憶障害が残るやもしれぬ。

「記憶障害？　それって酷いの？」

今まで聞いたことがないほど重々しい口調に、私の表情も思わず硬くなる。セラフィは心配そうに続けた。

——この者が何を吹き込まれているかにもよるが……しばらくは混乱するであろうな。

「それは治せないの？」

——無理じゃ。妾とて治せるものなら治してやりたいが……無茶をすればこの者の精神が壊れてしまうじゃろう。

「そっか」

私が俯くと、セラフィが大きくため息をつく。

――しかし、疲れた……。妾の主。すまぬが、妾は先に休養する。家へ空間を繋いでくれ、頼む。

――それなら～ぼくも～先に戻るぅ～。

人が多い場所であればあるほど、眷属たちの力の消耗は激しい。食事で少し回復したみたいだったけど、セラフィだけじゃない。オニキスやオパール、他の皆だって力を使っていた。

ぱっと見はわからないけど、かなり疲れているんだろうな。

ちらりとオパールを見ると、頷いて道を作ってくれ、セラフィとラリマーは家へと帰った。

私の家の近くに人は多くいないし、自然も多いから、この場所よりは休めるといいな。

私たちの会話が気になっていたのだろう。王様たちが内容を尋ねてくる。

「フュマーラ様は、中毒がかなり酷かったみたいです。セラフィが言うには、犯人たちが彼女に吹き込んだ内容によっては、記憶が曖昧になってしばらく混乱してしまうかも、と」

「そんな。ああ、フュマーラ……」

横たわる彼女を抱きしめながら、サランベーラ様はポロポロと涙をこぼした。

「くっ。あいつ……」

そんな彼女から目を背け、クレイス様は恐らく犯人を痛めつけることを考えている。

王様は何も言わないけれど、目を瞑り、眉をひそめて怒りを抑えていた。

三人のその様子に、私も胸が痛む。

だが、そんな時でも、現実は待ってくれない。ガンッバンッと、扉が乱暴に壊された。

咄嗟に私と眷属たちは身を隠し、リクロスが私たちを庇うように前に出てくれる。

小屋の入り口に立っていたのは、兵士だった。

「誰だ！　そこにいるのは……っ！　陛下？　それに王子、サランベーラ様まで!!　なぜ、陛下たちがここに……」

兵士は、王様たちは城にいると思っていたから、とても戸惑っているようだ。しかし、あることに気づいて、瞳を震わせる。

「……もしや、その腕に抱かれておられるのは……」

「フュマーラだ。お前たちが行ったあと、アーロゲントが城とここを繋いでいる隠し通路について口を割ってな。それを通ってきたのだ」

「そうでしたか」

王様が話したのは、あらかじめ考えていた嘘だ。けれど兵士は何も疑わなかったようで、すんなり納得していた。そんな彼に、王様は話を変えるように言う。

「ところで、フードを被った怪しい男は捕まえたか？　俺がここに来た時に出ていくのを目撃したのだが」

「……それが、逃げられました」

悔しそうに報告する兵士によれば、森の中からフードで顔を隠した男が現れたため、尋問しようとしたそうだ。すると、その男は声をかけた兵士の首を、ナイフで切り裂いて殺した。

それを見て、急いで男を捕らえようと何人もの兵士が集まったが、皆なす術もなく男に殺された。男は包囲が緩んだ隙を突いて逃走したとのこと。

「被害はどれくらいだ」

「死者が十人ほどかと……。っ、すみません」

兵士は報告しながら、下唇を噛みしめた。王様はそれを見て首を横に振る。

「いや、すまない。俺の判断ミスだ」

「いえっ！　そのようなことは‼　……それでは、私はこれで失礼します」

兵士が小屋から去っていく。王様も、クレイス様も、サランベーラ様も、悔しさや悲しみを隠しきれないほどの衝撃を受けているようだった。

そう、だよね。十人も亡くなってしまったんだもの……

気まずい、重たい空気が流れる。それを断ち切ったのはリクロスだった。

「……フードの男は、深追いしないほうがいいだろうね」

「そんなわけにはいかないっ！」

クレイス様が憤り、リクロスに食ってかかる。けれども、リクロスは冷静に言葉を返した。

「何人をも相手にした上で、逃走した輩だよ？　烏合の衆でなんとかなる相手じゃない。実力者に任せるべきだ」

「ああ、そうか。そういうことか。……そうだな。そのほうがいい」

王様は状況を鑑みて、苦悩の表情でリクロスの案を受け入れる。だが、クレイス様は納得できないようで、声を荒らげた。

「父上っ！」

王様は切なそうにクレイス様に微笑みかけ、リクロスのほうを向いた。

「すまない。怒りで我を忘れてしまいそうだった。だが、彼の言う通りだ。包囲していた兵士たちは皆、それなりの強者だった。にもかかわらず倒されている……。深追いすれば、その被害はより大きくなるばかりだ。城に戻り、実力のある者に追わせる。彼らの仇は必ず、探し出してみせる！　クレイス、お前は、サランベーラとフュマーラを連れてメリア殿と先に戻れ」

「はっ。でも、父上は？」

王様の言葉にクレイス様は不服そうではあるが、逆らうことなく受け入れた。真剣な眼差しのクレイス様に、王様は答える。

「俺は、死んだ兵士たちを弔ってから戻る」

「……わかりました」

クレイス様の返事を聞くと、王様は頷いて小屋から出ていった。

私たちは、オパールに頼んで城内へと戻る。

そして応接室のような広めの部屋の中で、王様の帰りを待った。

フュマーラ様が見つかり、実行犯も捕らえているのに、部屋の中はお通夜のように重たく暗い空気が流れている。王妃様も、フュマーラ様も、未だに目を覚まさないのが理由の一つだろう。

悪いことは続くと昔から言うけれど、よく言ったモノだ。

しばらくして、疲労と焦燥を滲ませた王様が、部屋に入ってきた。クレイス様たちが心配そうに駆け寄って声をかける。

それとほぼ同時に、焦った様子の兵士がノックもなしに部屋へと飛び込んできた。そして王様に向かって「至急の報告にて、御前を失礼いたしますっ！」と叫んだ。

皆の注目を集めた兵士は悔しそうに言う。

「アーロゲント卿が、逃亡しました！」

「何？」

眉をひそめる王様を見ながら、兵士は再び口を開く。

「やつの側で見張りをしていた者の防具が剝ぎ取られていたことから、外部犯の仕業かと」

「くっ、取り逃がしたフードの男かっ！」

王様は歯噛みし、兵士は俯く。

「今、周辺を捜しているのですが、まだ見つかっていません……」

それを聞いた王様は、捜索にあたっている兵士たちを戻すよう命じた。兵士は目を見開き、大きな声をあげる。

「なぜですか！」

「逃がした者がフードの男だとすれば、お前たちでは倒すのは難しいだろう。無闇に追えば更なる被害が出る。あとで精鋭の者に追わせることとする。だが……アーロゲントは顔が割れている。やつを指名手配し、高額の懸賞金をかけよ」

「我々が不甲斐ないばかりに……」

唇を噛みしめながら目を伏せた兵士に、王様は慰めるように声をかける。

「お前たちはよくやっている。悔しいのならば、もっと精進せよ」

「……はっ！」

足早に去っていく兵を横目に、クレイス様が「いいのですか？」と尋ねる。王様は首肯した。

「フードの男は、お前が思っているよりも厄介だ。騎士たちの中でも腕の立つ者に追わせよう。同時に冒険者ギルドに情報を提供し、実力者を募って討伐隊を組もうと思っている」

「わかりました」

ふうとため息をついて、拳を震わせている王様。同じように顔を歪ませながらも、クレイス様は引き下がる。

二人のその姿を見て、フードの男に対して相当な憎悪を募らせていることは、容易に想像できた。

そして黒幕が捕まらないまま、ロートスの花の事件はひとまず幕を閉じることとなったのだった。


次の日、私の部屋でリクロスとくつろいでいると、マリアンさんとともにアンジェリカ様が訪ねてきた。事件が起こったせいで遅くなったけれど、無事に塔から出ることができたようだ。

「改めてお詫びに参りましたの」

そう言ってふんわりと微笑むアンジェリカ様。付き添う使用人たちも、どこか嬉しそうにしている。

持ってきてくれたお茶を楽しみながら、アンジェリカ様は私にこれからのことを教えてくれた。

「一人でこそこそ動くのはやめて、職人の保護と、孤児たちの生活改善を国の公務として発表するつもりですわ」

「孤児たちのことはともかく、職人の保護は貴族の反発があるんじゃないの？」

私が聞くと、アンジェリカ様は凛とした表情で答える。

「ええ。ですが、わたくしが軟禁されたことを知った多くの職人が、解放を求める署名を集めてくれたのです。それには孤児たちも協力してくれていたようで――」

それからアンジェリカ様は、事の次第を語ってくれた。

「たくさんの者がわたくしの無実を国に訴え、その結果、わたくしのしていたことは公になりました。貴族たちもばつが悪そうにはしていますが、反発する者ばかりではありません。わたくしの活動に興味を持ち、協力や寄付を申し出てくれる者もいました。わたくしも貴族の悪いところばかりを見ていたようですわ」

そう言ってお茶を飲むアンジェリカ様は嬉しそうだ。私はさらに聞いてみる。

「職人の保護ってどんなものなの？」

「貴族や商人からの無理な申し出に対して、職人が国に助けを求められるよう新たな機関を作ることになりました。助けを求める職人が自らの名を貶められたくない貴族に迫害されないよう、対処できるように様々な対策を練るつもりですわ」

「わぁ！　いいですね」

「それに、職人たちからの申し出で、腕を競う大会を何年かに一度開催することになりました。今から、どんな品ができるのか、とても楽しみですわ」

話をしていると、アンジェリカ様が本当に職人の作る作品が好きなのが伝わってくる。

いいお姫様だなぁ。何か、私も手助けできないかな？

私がそんなことを考えていると、アンジェリカ様は再び口を開く。

「それと、全国民に教育の義務を課すようにしようと思いますの」

「へ？」

思わず、私はぽかんとしてしまう。アンジェリカ様は微笑んで続けた。

「生きるために大切な、文字や計算、必要ならば武術や魔法の使い方。そういったものを学べる場を作りたいと思ってます」

「全国民に義務化する理由は……？」

「この国の孤児に対する意識は、よいものではありません。彼らからは税を取り立てませんから、国での扱いは人以下ですの」

辛そうに眉をひそめるその姿は、どこか王様に似ていた。私は彼女の話にさらに耳を傾ける。

「そんな彼らだけに教育を行えば、当然反発もあるでしょう。ですが、孤児たちも国民です。身分や境遇の区別なく全国民の義務にすれば、彼らにも教育の場を与えることができますわ」

私はうんうん頷きながら、ふと疑問を抱いた。

「なるほど。でも、貴族たちからは反発されないですか？」

「貴族は自身で教育者を募り、子どもが幼い頃から指導を受けさせていますから、彼らにはほとんど関係のない話です。ですが、民の多くは自身の名前の読み書きや、お金の計算くらいしかできません。民に無駄に知識を与えるなという貴族もいますが、わたくしはそのように思いません」

アンジェリカ様は、本当に国のことを考えているんだ。彼女からすれば民が飢えて困っているからなんとかしたいと思うだけで、貴族も孤児も関係ないんだろうな。アンジェリカ様は、にこやかに話し続ける。

「家業を継げる子以外は、冒険者になる以外にほとんど道がないのだと、親しくなった職人が言っておりましたわ。でも、学べば他の道があるかもしれない。わたくしは、民の笑う顔が見たいのです。父には修羅の道だと言われましたが……」

日本には義務教育があって、ほとんどすべての人が文字を書けるし、数字も計算できる。義務教育が終われば、高校、大学、専門学校と選択肢もいっぱいあった。

でもこの世界だと、アンジェリカ様みたいに教育が必要だと考える人はほとんどいないだろう。

この人は、すごい人だ。

たくさん余らせているアイテムボックスの中のお金。その使い道がわかった気がした。

「アンジェリカ様！」

「は、はい、なんでしょうか？」

突然声をあげた私に、首を傾げるアンジェリカ様。私はぐっと身を乗り出す。

「孤児たちの生活を改善するために、私も協力したいんだけど……」

そう言って私は、ある提案をした。

「……！」

私の申し出に、アンジェリカ様は目を丸くして驚いている。その姿は、少女らしく可愛いものだった。

「父に、相談してきます！」

そう言ってすぐに部屋を出ていった彼女は、少し頬を赤く染めていて、まるで恋する乙女のようだ。

近くで話を聞いていたらしいリクロスが、私に問いかける。

「メリア、いいの？」

「実は、これだけ渡しても半分以上残ってるんだ。それに市場での売り上げもあるし、野菜はラリマーがおいしいのを作ってくれているし、リクロスやリュミーさんが猪肉(ししにく)と

か持ってきてくれるし、日用品を買い足すこともほとんどないからね。大事に持っておいてもいいけど、必要なところにお金を流すことも大事だと思うから」

それにリクロスには内緒だけど、家のダンジョンに入れば金属や宝石が採れるから、いざとなればそれをお金にすればいいいんだよね。

リクロスは私を見て、やれやれと肩を竦める。

「だからって、大胆なことをするね。一億Bを渡す上に、これからずっと、市場での売り上げの半分を孤児たちのために寄付するなんて」

「私はあの家で、皆と静かに暮らせればそれで十分幸せだから、幸せのお裾分けだよ」

——僕も、幸せ！

——幸せ！　幸せ！

——私も幸せですわ!!

——わしもや！

フロー、オニキス、アンバー、ルビーくんが口々に言って、オパールはギューッと抱きついてきてくれる。

うん、もふもふ天国。幸せだな。

「そんな君だから、僕も、眷属様たちも放っておけないんだろうね」

「え？　何か言った？」

眷属たちと戯れていてリクロスの言葉を聞き逃したけれど、彼の顔もどこか優しげだ。

私は幸せな気持ちになったのだった。

塔から出た瞬間から、第三王女アンジェリカを取り巻く環境は激変した。

彼女を毛嫌いしていたはずの姉サランベーラが、涙を流しながら「すまない」と抱きついてきたのだ。しかも、アンジェリカの使用人たちまでもが、あたたかい目でそれを見ていた。

その理由は、すぐに判明した。

多くの眷属様を連れた鍛冶屋、メリア。

彼女は、人でありながら眷属様方に慕われているように見えた。

……いや、眷属様に少し頼むだけでその力を使ってもらえるのだから、見えるのではなく、実際慕われているだろう。

そんな彼女とアンジェリカの初対面は最悪だったにもかかわらず、メリアはアンジェリカに会い、彼女に手を上げた理由を問うてくれた。

そして、気がかりだった見習いの少女の様子も教えてくれた。

あの少女と師匠の職人がアンジェリカの行いをメリアにバラし、メリアが姉に伝えたのだとすぐに理解した。自分のことをただの我儘姫だと思わせて、貴族たちを欺くのは簡単だったし、理由を知らない兄や姉たちに冷たい目で見られるのも、慣れたつもりでいた。

――でも、でも、本当は、こうして家族と触れ合いたかった。

ポロリと目から涙が落ちる。

あたたかな姉の体にそっと手を回して「お姉様」と呟くと、「アンジェリカ」と強く抱きしめてくれた。

それが、アンジェリカの日常が崩れた最初の出来事だった。

塔から出てすぐ、アンジェリカは王妃や二番目の姉フュマーラの事件を知ることになる。……犯人が逃げてしまったことも。

心配してくれていたという職人や少女を訪ねるつもりだったが、それが本当なら、しばらく城下町に出ることは難しいだろう。

王である父は、罪のない兵が死んでしまったことを後悔しているはずだ。アーロゲントの逃亡を許したことも、貴族たちから追及されてしまう。

だがそれよりも、殺された彼らの親族の悲しみを考えると、アンジェリカの胸は痛んだ。

彼女は彼らを思い、喪に服す。

――彼らの忠誠心に感謝と、その魂に祝福を。

それからアンジェリカは、質素な服を選んで身支度を済ませ、王の執務室へ向かった。

王もまた、普段よりも質素な喪服を着ている。

彼は、重々しく口を開いた。

「来たか。すまなかった」

「いいえ、陛下。元々はわたくしの過ちゆえ。それに、牢にいたからこそ免れたこともありますわ」

「……そうだな」

「それで、ご用件は？」

暗い表情の王に問うと、彼はおもむろに口を開く。

「お前が独自で行っている、職人の保護と孤児の件だ」

「……今回の件で、貴族たちに何か言われましたか？」

「ああ。牢に入るような者が腕のいい職人を独占するのはどうか、だと。元々の原因を作ったのはあいつらなんだがな」

「それで、陛下のご判断は？」

「その前に、これを見てみろ」

ばさりと目の前に広げられたのは、たくさんの署名だった。

達筆なものから、インクがなかったのか草の汁で書いたような、青臭さの残る緑色のものまである。

「これは？」

「職人と城下町の者、孤児たちからの嘆願書だ。お前を解放してほしいというな」

「まあ……！」

「俺はこれを武器に、新しい機関を作る。お前はその責任者になれ」

王の言葉に、アンジェリカは目を見開いた。

「いいのですか？　我儘姫に、そのような機関をお任せになって」

「幼い頃、お前は俺に言ったな。『どうすれば、皆が笑い合える国になるのか』と。未だに我々はその道の途中だ。今回なんて、被害が出たのに得たものは一つもなかった。だが、お前のその服を見て確信した……お前はただの我儘姫じゃない。お前が考えていることを言ってみろ」

「陛下……。はいっ！」

アンジェリカは今後の職人への手助けや、孤児たちへの支援のやり方など、思いつく限りの考えを王に伝え、今後の方針を話し合うことができたのだった。

◆◇◆◇◆

アンジェリカ様と再会してから、二日が経った。

元々は一週間くらいの滞在を予定していたのに、いろいろありすぎて随分長くここにいる。

ようやく王妃様もフユマーラ様も、目が覚めたらしい。魔力のリミッターが外れたせいで精神に負荷がかかり、それを癒すために眠っていたのだろうとのことだった。

フユマーラ様の記憶障害は、ここ数日の記憶が混濁する程度で済んだとのことだ。

ただ、クレイス様を見て「あんなに細かったかしら？」と、時々首を傾げているらしい。

その報告を聞いてほっとしたけれど、安心したら帰りたくなった。

酷く疲れた様子で家に帰ったセラフィやラリマーのことが気になって仕方ない。

当初の目的であった王様との面会は終わったし、ロートスの花の事件は犯人たちの逃亡という形で終わってしまったけれど一応けりはついたし、帰ってもいいんじゃないかな？

と、王様たちに打診をしたのが今朝のことだった。

……なのに、どうして私はここにいるんだろう？

今の自分の状況を改めて認識して、遠い目をしてしまうのはいたし方ないと思う。

ラリマーが頑張って咲かせてくれた薔薇に似たお花は綺麗だし、空はとても青くて清々しいし、目の前に広がるケーキやお菓子はとってもおいしそう。

だけど、周りにいるメンバーが問題だ。

「あら？　お茶が減っていませんが、おいしくありませんか？」

「アンジェリカの選んだお茶だ。このお菓子にもよく合う。ぜひ食べてくれ」

右を見れば、アンジェリカ様とサランベーラ様が。

「よく、覚えていませんが……とてもお世話になったと伺いました。感謝していますわ」

「妾のおすすめはこれじゃ。ぜひ、食べてみておくれ」

左を見れば、フュマーラ様と第二王妃のラーア様が。

「このたびのお茶会は、あなたを労うために開きましたの。……操られていたとはいえ、怖い思いをさせてしまいましたね」

正面には王妃様が座っている。

女性だけのお茶会と言われればときめくけれど、王様に次ぐ権力者の集まりである。外に出るのは久しぶりだと遊び回るアンバーやルビーくん、オニキスの楽しそうなこと。私もあの空間に逃げたい。

そんなことができるはずもなく、諦めてお茶をする。

「おいしい」

爽やかな酸味と甘味のある、不思議なお茶だ。この世界特有のものだろうか？

一杯目を飲み干す頃には、この空間にいることにも慣れてしまった。

というか、私のことを気にしてる人が一人もいないからなのかもしれない。

例えば王妃様は、ラーア様の生い立ちに興味津々だ。

「それでは、ラーアは元々そこまで教育を受けていなかったの？」

「……妾の家は貧乏でしたから、最低限のことしか教わっておりませぬ。異国出身の母の血を引く妾の容姿が物珍しかったのでしょうのう」

王妃様とラーア様は王様の寵愛をめぐるライバルのような関係であり、これまであまり話をしたことがなかったらしい。まあ、それはそうだろう。

ギスギスしていたことが嘘のように、王妃様はラーア様に話しかける。

「容姿だけで、陛下は側室に招いたりしませんわ」

「それは、妾に同情してのことですじゃ。妾が陛下と会うた時、妾は親から婚約者を紹介され悲しみに暮れておりました。……婚約者は五十も年上の下衆なお方。家に多額の援助を申し出てもらったがゆえに断れず、妙な噂の絶えぬその者の後妻になると決まってしまったのじゃ。妾はどうすればいいのかわからず身を投げようとし……あの方に助けられたのです。そして事情を知ると、婚約者と話をつけ、またそういった輩が現れぬとも限らないからと、側室にして救ってくださったのじゃ」

「じゃあ、陛下はあなたを愛していたのではないの？」

「それは誤解ですのじゃ！　あの方は妾にお情けはくださるが、心は王妃様のものだと妾に告げられておりまする！」

「まあ！」

ラーア様は幸せな夫婦に水を差してしまった負い目があるし、王妃様から見れば突然現れて自身の夫を奪った女だ。

その上に、側室の娘は王様の寵愛を盾に、理由があったとはいえいろいろやらかしていたんだもの。

いろいろ複雑だったはずだ。でも、こうして笑い合える日が来たのは、本当によかったんじゃないかな？

王女様たち三人も長年の誤解から解き放たれて、今ではすっかり仲良しになって、盛り上がっている。

サランベーラ様がアンジェリカ様の身につける装飾品に気づいて、問いかけている。

「それで、この細工は？」

「細かいのが得意な者がいますの。気に入ったなら、ご紹介しますわ」

「ああ、頼む」

二人のやりとりを聞いて、フユマーラ様は目を輝かせた。

「私にも紹介してほしいわ。そうだわ、三人でお揃いの細工をお願いしてみませんこと？」

「いいですわね！」

三人は、最初はぎこちない会話をしていたけれど、恋とお洒落の話に花を咲かせている。

この手の話で女子が盛り上がるのは、どの世界でも共通らしい。

アンジェリカ様の我儘っぷりに騙されていたサランベーラ様とフユマーラ様だったけど、彼女のしていたことを知って、協力をすることにしたと聞いた。

なぜそんな素晴らしいことを隠していたのかと逆に責められたらしい。

私はにこにこしながらその様子を窺う。すると、後ろから声をかけられた。

「お茶のお代わり、いかがですか？」

「ありがとうございます。いただきます」

空になったカップに、マリアンさんがお茶を注いでくれる。

……ところでこの茶会、いったい、いつになれば終わるんだろう？

下を見れば、メリアたちが楽しそうに雑談している姿がある。

王城の一室の窓から同じように庭の様子を見ながら、王様は僕――リクロスに話しかけた。

「すまないな。呼び出して」

「いえ、構いませんよ。あなたこそ、僕だけを呼んだりしていいのですか？」

「ああ。前回の魔族との歴史について話がしたくてね」

王様がそう言ったので、僕は思わず目を見開いた。

「っ！　……あれ以上は話せなかったのでは？」

「それは彼女がいたからだ。今からする話は世界を揺るがす。王以外の王族も絶対に知り得ない」

「メリアにも聞かせられないの？」

「ああ。彼女は一般市民だ。眷属様がついていようとな」

「それを言ったら、僕も同じじゃないの？」

僕は目を細め、王様の出方を窺う。彼は小さくため息をついた。

「君は魔族だ。それに、君が言った話を聞き過ごすわけにはいかないんだ」

「どういうこと？」

「……昔の話に戻そう。魔族を追い出した王子には、眷属様がついていた。そして、彼らが接触した魔族にも」

そんな、まさか。僕は声を荒らげたくなったのを抑え込み、冷静を装って聞き返した。

「……眷属様が、魔族の迫害に協力したと？」

「いや。それも正確には違う」

「私めから、ご説明いたしましょう」

そうして初老のエルフが告げた内容に、僕は衝撃を受けた。

……国同士の争いにより魔の島から溢れた魔物が急増したため、眷属様の力が弱まり、世界が滅びかけていたなんて。

彼の話が真実だとしたら、魔族は確かに被害者ではない。今の魔族の扱いは納得できないが、少なくとも経緯には納得ができる。

眷属様の言葉を伝えるために選ばれた、王子と魔族。

二人はあえて人と魔族が対立するように仕組んだ。すると国は争いをやめて、魔族は魔物を間引き、そして世界が修復された。

「『いつの日か、魔族を英雄として迎えたい』それが各国の王家に伝わる、当時の王子の遺言だ」

「……」

黙り込んだ僕を、王様は真剣に見つめる。

「魔族は危険ではない。隣人であると、俺は……いや、私はいつか国民に告げたいと思っている」

「一応、聞いておくよ」

「ああ。今はまだ信じられなくてもいい」

王様の話を聞いて、疑問だったことの一部が解消された気がした。

そして、隣人だと言ってくれた王様には、伝えなくてはいけないことがある。

「アーロゲントだっけ？　あいつ、死んだよ」

「何？」

僕は逃亡したやつをリュミーに追わせた。

そうして明らかになったのは、黒幕がやつを逃亡させたのは、王が花の効果をどうやって打ち消したのかを知るためだったということ。けれど、もちろんやつはその方法を知らず、不要とされた。

彼の最期は、崖からの転落死。

花で操られて、自分から進んで歩いていったそうだ。最後まで笑って。

アーロゲントには花の毒はすぐに効かなかったようだけど、徐々に彼の体を蝕み、取り返しがつかないほどの中毒者にしたようだ。

「どうやら、本人はブレスレットが花の効果を打ち消すものと信じ込んでいたようだね」

「……そうか。フードの男は？」

「それが、僕の部下も追えなかったみたい」

リュミーには、無理をしないようにと伝えておいた。

敵は危険な花を持っている可能性があるから、なるべく遠くから探るようにと。

その結果、フードの男はリュミーを巻くほどの速さで姿を消し、それ以上の追跡はできなかった。

「ありがとう」

複雑そうな表情の王様の台詞に、僕は同じように複雑な思いで「こちらこそ」と返した。

庭からの楽しそうな笑い声と柔らかな甘い香りが、部屋にまで届いていた。

お茶会をやっと終えてオパールとオニキスに頼んで帰ると告げると、王様とアンジェリカ様がわざわざ見送りに来てくれた。

「職人のこと、孤児たちのこと、頑張りますわ」

「うん。私にはできないことだから、お願いします」

私がアンジェリカ様に頷くと、王様に軽く頭を下げられる。

「アンジェリカに聞いたが、継続的に寄付してくれるんだって？　すまんな、助かる」

「これからのことを思えば、お金はいくらあっても足りないでしょうしね」

これから教育の場を作るのに、私の寄付金なんて微々たるものだろう。

それでも、理想を現実のものにするために頑張ってほしい。

私は、実際に彼女たちの理想を体験して知っているから。

願いを込めて微笑むと、王様はお礼の品だと言って何かを投げてきた。

それは王の専属職人の証のメダルとよく似ている。

そのメダルと違う点は、服などにつけられるように、ピンがついていることくらいだろうか。

「それをつけておけば、いつこの城に来ても歓迎される。入城許可証だ」

「まあ！　またお茶会を開きたいと思ってましたの。いつでも訪ねてきてくださいませ」

アンジェリカ様が嬉しそうに言う。

……でも、王妃様やお姫様に囲まれたあれは、もう体験したくないなぁ。

まあオパールたちがいればいつでもここには来られるし、ありがたく受け取っておきましょう。

「この部屋はお前用の客間にすることにしたから、いつでも安心して来い。俺の専属の職人になる件も、考えてくれていいからな。今回は、本当に助かった」

「ははっ、わかりました」

王様の言葉に私が首を縦に振ると、彼はさらに付け加えた。

「それと、マルクにももっと頻繁に帰ってこいと伝えてくれ」

村からここまで普通七日もかかるから、なかなか帰ってこられないんだろう。でも、王様も大切な弟に会いたいよね。

「その時は、エレナも一緒に来れるといいですわね。彼女ともお茶会を開きたいですわ」

アンジェリカ様、さっきからお茶会の話しかしてないけど、きっとすごく楽しかったんだろうな。職人たちを守るために、姉たちにも本当のことを伝えられなくて辛（つら）かっただろうし。

本当に仲直りできてよかった。

私は二人に大きく頷いて、口を開く。

「それじゃあ、またいつか」

本当に、濃い滞在だった。でも、楽しかったな。

それからすぐにオパールに空間を開いてもらって、一瞬で我が家の前に辿（たど）り着（つ）いた。

リクロスとはそこで別れることになった。フードの男について調べたいそうだ。

また、彼独自の美学とやらが関係しているのだろうか？

リクロスは不安を隠せない私の頭を撫でて、「無茶はしないから」と、私が渡したペンダントを握りしめて誓ってくれた。

だからきっと大丈夫。

家の防犯システムを解除して中に入ると、セラフィとラリマーがのんびりと木の下でお昼寝をしている。いつもの光景だ。

「セラフィ、ラリマー、ただいま」

――お帰り、妾(わらわ)の主(あるじ)。

――ん～おかえり～。

「お城では、いっぱい頑張ってくれてありがとうね。もう、疲れはとれた？」

――そうじゃのー……妾(わらわ)の主(あるじ)がこの美しい毛並みを梳(す)いてくれれば、さらにとれる気がするのう。

――あ～ぼくも～。

――なんだそれ。んじゃあ、おいらにも頼むー!!

ブラッシング経験のないジェードが、興味津々(きょうみしんしん)に言う。

「わかったよ、じゃあ、順番にね！」

いつもよりも力を使う場所で頑張ってくれた彼らを労(ねぎら)うため、お気に入りのブラシを取り出して、彼らの毛を梳(す)くことにした。まずはセラフィだ。

――妾(わらわ)の主(あるじ)、考えごとかえ？

「え？　ごめん、気持ちよくない？」

突然セラフィに言われ、私はびっくりしながら手を止める。

——気持ちいいが、そこばかりではいつまで経っても終わらぬぞ？

——おいら、待ってるんだぞ？　早くしろよぉー。やっぱ、メリアはノロマなのかー？

——のんびり待てば、順番来るよぉ～。

イライラしているジェードを、ラリマーが宥めてくれる。

いけない。ぼんやりしていたみたいだ。ブラッシングに集中しないと。

セラフィとラリマーのブラッシングを終え、ついにジェードの番になった。

二匹が気持ちよさそうにしていたからか、尻尾がクネクネと動き、ワクワクしているのが伝わってくる。

「それじゃあ、するよー」

——おう！　ふにゃーー……

スーとブラシで撫でるようにするだけで、ジェードはとろけるような声をあげた。

ブラシを通すたびに、ふにゃ、ふにゃ、と反応していて、やっているこっちも楽しくなる。

最後は、ジェードが寝ちゃうまで、マッサージもしてあげてしまった。

三匹がようやく満足したところで、家の中へ入る。

「結構長い間いなかったんだもの、きっと埃まみれだよね……」

ため息をつきながら扉を開けると、そこには積もり積もった埃が……なかった。

それどころか、旅立つ前と同じように、どこもかしこもピカピカだ。

――どうしたんや？

「ルビーくん。ううん、なんでもないよ」

そうだ、せっかく家に帰ってきたのだから、新しい仲間であるジェードを歓迎するご馳走を作ろう。

それから、久しぶりにダンジョンにも入って、素材を探して鍛冶もしたい！

お城の中では至れり尽くせりだったけど、やっぱり私はこうやって好きなことをして楽しむのが一番!!

鼻歌を歌いながら冷蔵庫を開ける。今日のメニューは、和食にしよう。

お城ではずっと洋食、それもマナーを気にするような、肩の凝るものばかりだった。

だから今日は味噌や醤油をたっぷり使った、気軽に食べられるようなものがいいなぁ。

そうして皆でゆっくり休み、一日を終えたのだった。

次の日、オニキスに乗って私は村までやってきた。王様の言葉を、マルクさんに伝えるために。

去年この世界に来た時、家の中で引きこもっていた一ヶ月は全然長く感じなかった。でも、この村の人たちと出会ってからは毎日が楽しくて、城で過ごした日々はとても長く感じられた。

こうして村の中を歩くだけで、帰ってきたんだと実感するくらいには、ここは私の居場所になっている。

村の奥の村長さんの屋敷の前に、マルクさんが立っていた。

「こんにちは。お久しぶりです」

「メリアくん！　いつ帰ってきたんだ？」

「昨日です。思っていたよりも、いろいろあって遅くなっちゃいました」

「そうか……」

「マルクさんは、どうして家の前にいたんですか？」

そう問うと、マルクさんは「あーその、えーー」と口ごもり、ため息をつく。そして諦めたように「君が帰ってくる気がしたんだ」と顔を背（そむ）けながら言った。

「え……」

「君を、待っていたんだよ。おかえり、メリアくん」

「た、ただいまっ!!」

いつかと同じようにその胸に飛び込むと、マルクさんは優しく私を受け入れてくれた。

「お城での話を聞かせてくれるかい？」

マルクさんは私の顔を覗き込んで問いかけてくれる。私はそれににっこり笑って答えた。

「もちろんです。たくさん、話したいことがあるんですよ」

「それはいい。エレナがおいしいクッキーを焼いたんだ。三人でお茶を飲みながら話を聞かせてくれ」

マルクさんに連れられて家の中へと入ると、エレナさんも「おかえり」と微笑んでくれた。

「ただいま、エレナさん！」

「お城ではどんな風に過ごしたの？　教えてくれる？」

興味津々な二人に、ロートスの花事件以外のお城での出来事を伝える。

アンジェリカ様に眷属をただの動物だと勘違いされて叩かれたことを伝えた瞬間、二人が心配してくれたのは嬉しかった。

……そのあと、ぶつぶつと私に聞こえないように二人だけで話をしていたのは少し怖かったけど。

でも、アンジェリカ様の行動の理由を話すと「なんだ、そうだったの」と、先ほどとは違ったあたたかな空気に変わってホッとした。

王妃様とラーア様、王女たちとのお茶会で誤解が解けて、家族として仲良くしている様子を伝えると、二人は本当に安心したように笑みを浮かべて喜んでくれた。

そして、アンジェリカ様がこれから行う事業の内容を聞くと、マルクさんは立ち上がる。

「どうなさったの？　お父様」

エレナさんが不思議そうに首を傾げると、マルクさんは微笑んだ。

「いや、私も孤児たちのことは気になっていたんだ。何か、助けになれることはないかと思ってな」

マルクさんも興味を持ってくれるなら、ちょうどいい。私はぐっと身を乗り出す。

「その件で、マルクさんに相談があるんです」

「ん？」

「アンジェリカ様に、私がこれから市場での売り上げの半分を寄付するって伝えたので、その手続きの方法を教えてほしいんですけど……」

アイテムボックスに入っていた一億Bは、その場で渡そうとして怒られてしまった。

アイテムボックスはレアなスキルのため、普通の人はお金をギルドに預けて、小切手のようなもので支払うのだとか。実際、市場での売り上げは私もギルドに預けている。

でも、アイテムボックス内に入っているお金をギルドに預けて、小切手を発行するとなると、それはどこから出てきたものなのかと注目を浴びてしまう。

結局、王城の空き部屋にお金を放り込むことになったのだ。

その結果、お城では本来の寄付のやり方を聞いていなかった。

「それならば、私が代わりに手続きをしておこう。委託証明書にサインを頼めるかな?」

「ありがとうございます」

私とマルクさんのやりとりを聞いて、エレナさんが早々に紙とペンを持ってきてくれる。

そういえば、エレナさんは王弟の娘という立場だから、当然王族のはずなのに、どうしてこんな田舎にいるのだろう?

サインをし終え、マルクさんが書類を確認しているのを見ていたエレナさんを、私は無意識にじーっと見つめてしまう。

その視線に気づいたのか、エレナさんが「どうしたの?」と尋ねてくれた。

「マルクさんは、お兄さんである王様と王の座を争わないために王位継承権を放棄したんですよね？」

「ああ、そうだぞ」

「この家は大きい邸宅だけど使用人はいないし、エレナさんだけで切り盛りしてますよね？　王族なのに、どうしてなのかなって」

「ああ、それはね——」

二人は嫌そうな顔をすることなく、私の疑問に答えてくれた。

そうして聞かされた彼女の話は、衝撃的だった。

なんでも、お城にいた当時はマルクさんが王位継承権を放棄していなかったから、エレナさんの位も高く、幼い頃から婚約者もいたそうだ。

その婚約者とはそれなりに仲良くしていたつもりだったけれど、ある日突然大きなパーティー会場で、エレナさんは彼から婚約破棄を叩きつけられたらしい。

なぜ？　と問うエレナさんに、婚約者の人は側にいた女性を抱いて、「愛する人ができた」と叫んだ。

その上で、エレナさんが女性に嫌がらせをしていたと、嘘の罪を突きつけてきたのだという。

エレナさん、まさかの悪役令嬢枠にいたとは……

これで本が一冊くらい書けるんじゃないかと思うほどだ。

「浮気した挙句、責任を押しつけるなんて最低……」

私が思わずそう漏らすと、エレナさんは微笑んだ。

「ふふふ、本当にそうよねぇ」

もちろん、冤罪だと証明した上で婚約は破棄。けれどもその一連の騒動の間に、当時お友達だと思っていた方々は、巻き込まれたくないと離れていってしまっていた。

また、エレナさんは悪くないとはいえ、婚約破棄した女性に新たな婚約を申し出る者もいない。

エレナさんの社交界での居場所はなくなり、彼女は家にこもりがちになってしまった。

そんなある日、父であるマルクさんがこの村に引っ越すと言い出したのだ。

エレナさんにとっても、それは都合がよかった。

仲がよかった友人も何もかも失ってしまったのだから、新しい場所でやり直すのもいいと思い、この村に来たのだとか。

それがきっかけで、エレナさんは運命の出会いをしたそうだ。

「運命の出会い？」

「ええ。わたくしの旦那様に出会ったの」

「っ⁉　エレナさん、結婚してたの……？」

衝撃の事実に、私は大声をあげてしまう。エレナさんは優しく頷いた。

「ええ。子どもは残念ながらまだできてないのだけどね」

その人は、道中の護衛として雇った冒険者だそうだ。今ここにいないのは、任務で遠方にいるかららしい。

「彼が塞ぎ込んでいたわたくしを励ましてくれたおかげで、わたくしはこうして元の自分に戻ることができたの」

そう言って、エレナさんは嬉しそうに笑う。

マルクさんは冒険者とエレナさんの結婚に反対しなかったのだろうか？

ちらっとマルクさんのほうを見てみると、彼は私の目線に気づいて苦笑した。

「反対したよ。でもね、娘のためにと結んだ婚約で彼女を傷つけてしまったし、何よりエレナが幸せならば、それでいいと思ってね」

「ふふ、それでも、この家で一緒に住まないなら結婚は許さんって言ったのよ？」

「宿なしの風来坊と一緒に旅になど出せるか！」

さすがのマルクさんも、眉をひそめて叫ぶ。それを見ながら、エレナさんは目を細めた。

「でもね、わたくしは幸せよ。王都では見ることのなかった緑に囲まれて、今まで試したこともなかったことにチャレンジして、自分が作ったものをおいしいと言って食べてもらえる。何より……」

「……？」

エレナさんにじーっと見つめられ、私は首を傾げる。

「メリアちゃんみたいな、可愛い子にも出会えたしね‼」

そう言って抱きついてきたエレナさんは、本当に幸せそうだった。

エピローグ

あれから、あっという間に半年が過ぎた。

ジェードは、王都から帰ってきたあと一週間ほど我が家で寝泊まりしていたけれど、一ヶ所に留(とど)まるのが苦手らしく出ていってしまった。

――まあ、気が向いたらまた来てやんよ！

……なのに、そう言って出ていった三日後には訪ねてきて、ご飯をせびってきたのには驚いた。

それからは大概、三日から五日くらいで帰ってきてくれるから、出ていったという実感はあんまり湧かない。

それから、市場に出店した時に、誰でも通える無料の学びの場が建築されているという噂を商人たちから聞いた。アンジェリカ様、頑張っているんだなぁと実感した。

既に王都やその周辺の町で試験的に開校されているらしく、商人たちは教育者を雇わずに済むからありがたいと話していた。

職人の保護活動も行われているようで、ギルドに行った時に、ジャンさんが面倒臭そうに職人に対するアンケートのようなものと、懇願書という書類ができたことを知らせてくれた。

アンケートは、無理な納品を頼まれていないか、無理な値引きをさせられていないかなど十五項目あり、偽りを書けないように、紙には魔造具の技術が使われていた。

商人や貴族から、嘘の回答を強要されないように配慮してあるのだろう。

フードの男は、まだ捕まっていないそうだ。

今後も現れる可能性があるからと、警戒した様子でリクロスが私に忠告をしてくれた。

ロートスの花をいくつも持っていたことから、フードの男は花を栽培している可能性がある。

草の神獣様の眷属であるラリマーが神獣様と仲間に知らせたから、見つけ次第枯らすと言っていたし、他の眷属の子たちも探してくれているから、花の出所はいつかわかるとは思う。

ただ、この子たちが私に教えてくれるかどうかはわからないけれど。

基本的には力を貸してくれるし、たくさん話をしてくれるけれど……そういう部分では少し線を引かれているように感じる。

寂しくないといえば嘘になる。

でも、私が知るべきではないこともあるのだと割り切ることにした。

そういえば、たまに、神様が夢に出てきてくれて、話せるようになった。

神様が言うには、加護が私に定着したので、安定して会えるようになったんだとか。

家に埃が積もらないのは、神様が作った特別製だからだそうだ。

眷属たちにとっては、聖域と同じくらい住み心地がいいらしい。

だから王都であんなにしんどそうにしていたラリマーたちが、すっかり回復してたのか。

王都で私が作ったご飯を食べた時、彼らが多少回復したのは、家で採れた野菜を使ったからしい。

これから遠出をする時はお弁当が必須だなぁ。

今日も、私は神様とお話し中だ。

［メリア、この世界を楽しむといい。眷属たちも、僕も力になる］

「前にも聞いたけど、いいの？　神様が一人を贔屓しちゃって」

私が問うと、神様はフフッと笑う。

［君は、この世界でただ一人、僕の加護を受けた人だもの］

神様の後押しを受けて、私は今日もこの世界で生きていく。

ダンジョンも鍛冶も楽しみながら、この世界の人たちと一緒に歩んでいける。

そして、それが誰かの助けになる。そのことが、とても幸せだ。

やっと私も、この世界という歯車にパチンとはまった気がして、神様ににっこり笑顔を見せた。

書き下ろし番外編

疑問と共有の時間

事の始まりは今朝のこと。

鹿を狩ったからと、リクロスが我が家に訪ねてきた。狩った獣をお裾分けしてくれるのは今に始まったことではない。

ぶらりと訪ねてくるたびにもてなしていたら、お礼と称して狩った獣を持ってきてくれるようになったのだが、それをうちの庭で解体して処理するのだ。

最初は解体するその様子に青ざめていた私だったけど、今では手慣れた様子で皮を剥ぐリクロスを見守るほど慣れてしまった。

そうやって彼をじっと見ているうちに疑問が湧いてくる。

どこに住んでいるの？　とか、普段何をしているの？　とか。

私はいつだって来てくれるのを待っているだけで、彼のところを訪ねたことはない。

前に喧嘩した時も、神様や皆が気を遣って連れてきてくれなければ、私とリクロスの縁は切れていたかも……

そう思うと、何も知らないことが怖い。

住んでいるところはもちろん、リュミーさんとの関係も、家族がいるのかさえも。

だからだろう。

「ねぇ。リクロスはどこに住んでいるの？」

気づけば口からこぼれ落ちていた。

彼は解体する手を止めて、こちらを向く。

「なに？　突然」

「私、リクロスのこと、何も知らないなぁと思って」

「僕も、メリアのこと、知らないよ」

――僕はご主人様のこと、いっぱい知ってるー！

――オニキスもー！

リクロスの言葉に、庭で日向ぼっこをしていたフローとオニキスが楽しげに張り合うように主張する。

「なら、私のことも教えるから、リクロスのこと、教えてよ！」

「！　ふふ、いいよ」

二匹の援護を嬉しく思いながらリクロスに向き合うと、彼は目を少し見開いてからふんわりと笑い、了承してくれた。

「じゃあ、まず、住んでいるとこ！」

「普段は森で野営、かなー」

止めていた解体を再開して、リクロスは何でもないように言った。

「や、野営？」

「僕は魔族だからね。村や町で宿を借りてっていうのは難しいんだよ。いつ、どこで誰に知られるかわからない。そんな状態だと逆に落ち着かないからね。だから大陸にいる間は、魔物がよく出る森に潜伏してることが多いんだ」

「魔物がいるところって……。そこで一晩を過ごすの？」

「そうだよ。魔物に関しては対策をして防衛しているから大丈夫だよ」

「でも、夜の魔物は凶暴化するって！　安心して眠れないんじゃ？」

「リュミーがいる時は見張り番を交代しながらだし、強い魔物が出ないところを見極めてるからちゃんと寝られるさ」

「そ、そうなんだ」

それでも、危険なことに変わりないはず。そうだ。

「あ、あの」

「メリア。嬉しいけど、そこまではしてもらえないよ」

「まだ、何も言ってない……！」

「自分の家に住むのはどうかって言おうとしたんだろう？」

「そ、そうだけど」

うう、私の考えって単純なんだろうか？

まんま言われてしまった。

「あのね、メリア。僕は男なんだよ？　そんな風に無闇に誘ったりしたらダメだろ？」

「でも、森で魔物もいる中なんて……」

「今まで何の問題もなかったし、この大陸の魔物にやられるようじゃ、僕ら魔族はもう全滅してるよ」

「え……」

「魔の島の魔物のほうが強い場合が多いからね。君が心配するほど大変でもない。大丈夫なんだよ」

聞き分けのない子どもを注意するようなため息まじりの口調と、仕方ないと諦めたように笑うリクロスに胸が痛む。

「食事はどうしてるの？　人里に行けないなら、食材に困るんじゃ？」

「んー今みたいに獣（けもの）を狩ったり、きのこや山菜、川魚を採（と）ったりしてるよ。この辺は、特に彼のおかげでありがたいことに豊富だし」

リクロスはラリマーのほうをチラリと見たが、当の本人はふぁーと欠伸（あくび）を一つして気にした様子はなかった。

「でも、でも……」

「なら、実際に体験してみる？」

それでもなんとか食い下がろうとする私に、リクロスは困ったように笑って一つの提案を告げた。

リクロスに連れられてきたのは、家から少し離れた川だった。

フローが言うには、そのまま飲むこともできるぐらい綺麗な水が流れている。

リクロスは自身のマントを脱ぐとロープで木にくくり、あっという間に日差しを遮（さえぎ）るタープへと変身させた。

「簡易だけど」

そう言いながら、倒木を椅子のようにして座る姿は手慣れていて、本当に普段からそうやって過ごしているのだと実感した。

「この辺りの魔物は、日の光を嫌っているから昼間は滅多に出てこないんだ。あとはこれを」

リクロスは、私に掌サイズの小さな丸いものを取り出して見せると、それを捻った。

が、何も起こらない。

何これ？　と思っていると、リクロスは笑いながら言う。

「僕たちは何も感じないけど、魔物の嫌う超音波が出ているんだって」

「へえ」

この魔造具の超音波は、人や動物には害がなく魔物だけを避けられるんだと説明するリクロスに、全く平気そうな眷属の皆がこくこくと頷く。そんな私たちの様子を気にせず、リクロスはそれを木にくくりつけた。

「もちろん、完全にとはいかないから注意は必要だけどね。あとはこれ」

「これは？」

「森で出るのは魔物だけじゃないでしょう？　これは虫除け」

彼は薄荷のようなスッとした匂いのする軟膏を自身につけてから、私にも勧めてくれる。

「じゃあ、始めようか」

準備は整ったとばかりにリクロスは言った。

「え、何をするの？」

「言ったろ？　体験だって。まずは魚からにしよう」

彼はナイフで木の枝を数本切り、鋭い木の串と二本の槍のようなものを作ると私に渡す。

「これで、魚を捕まえるんだ」

「こ、こんなもので？　釣り竿じゃないの⁇」

「釣り竿も作れるけど、ここの魚は苔を食べるからこっちのほうがいいんだ」

ほら。と早速作り立ての槍で川面を刺す。バシャンと水飛沫をあげた次の瞬間、その切先には魚が捕らえられていた。

「すごい」

「ほら、メリアも」

「う、うん！」

浅く流れの穏やかな川の水は想像より冷たくなく、大きめの魚影が見える。

「メリア、そっちに行ったよ！」

「え、ど、どこ、きゃあっ」

バシャンと大きな水音があがる。

その声に、顔を近づけて魚影を探そうとした瞬間、追いかけていたはずの魚がピシャリと水面から飛び出てきて私の顔に当たった。

――ご主人様、大丈夫？

「ありがとう、フロー。大丈夫よ。でも、魚に逃げられちゃった」

「それは僕が捕まえておいたよ」

残念がる私の背後から、リクロスは木の槍に刺さった魚を見せる。

「さすがリクロス」

「伊達にずっと野宿してないさ」

魚を手にニヤッと笑うリクロスは、カッコいいけれどどこか決まらず、それがおかしかった。

そうやって何匹か採ると、リクロスは川から上がりナイフを取り出すと魚に下処理を施すため、茂みからいくつかの葉っぱと細かくすり潰した木の実を振りかける。

「それは？」

「臭み消しと味付け。さ、あとは焼くだけだよ」

そこらへんに落ちていた木の枝なんかを集めて、魔法でさっと火をつけると炎はすぐに安定した。

「遠火でじっくり焼くほうがおいしいんだ」

と、思っていた以上に楽しげなリクロスの様子に、先ほどまで野営なんてと思っていたことが煙のように消えていく。

魚の焼けるいい匂いが漂ってくる。

「うん、そろそろよさそうだ。ほら、メリア、食べよう」

そう言って差し出してくれた魚を受け取り、口に運ぶ。

パリッとした皮とふんわりとした身、ほんの少し酸っぱいのは木の実だろうか？

「おいしい……」

「だろう？」

「うん、すっごくおいしい！」

「それはよかった。じゃあ、少しは安心した？」

私が心配しているのをわかってたんだ。だから、実際どんなことをしているのか、教えてくれたんだ。

「うん」

その心遣いが嬉しくて、にやけそうになるのを誤魔化(ごまか)すために魚にかぶりつく。

けれど、リクロスの次の一言で、その思いは一気に消える。

「じゃあ、今度は僕がメリアに質問する番だね」

「え……」

「忘れたのかい？　僕のことを教える代わりに、君のことも教えてくれるって言っただろう？」

そうだった。そういう約束だった。

「え、えーと、じゃあ、リクロスは私の何が知りたいの？」

「そうだなぁ。昔の、ここに来る前の君のこととか？」

「昔の私？　そんな面白いことなんて何もないよ」

「それでも知りたい」

「わかった。じゃあ――」

この世界に来る前の私。

リクロスがそんな昔の私のことを知りたいと言ってくれたことに、若干の喜びを感じる。

未知な世界への憧(あこが)れのような目で私の世界の話を聞くリクロスは、子どもっぽくて普段とのギャップがすごい。

そんなリクロスの一面を見られて、どう過ごしているのかを知ることができたことも

なんだかとても嬉しくなる。

「ねぇ、リクロス」

「なんだい？」

「連れてきてくれて、ありがとう」

「どういたしまして。気に入ったなら、またいつでも連れてきてあげるよ」

私の言葉に、リクロスはふっと微笑んだ。

彼も、私と同じようにこの時間を心地よく思ってる。そう言ってくれた気がした。

新感覚ファンタジー
RB レジーナ文庫

明るい食生活のために!?

レジーナブックス Regina

転生令嬢は庶民の味に飢えている　1〜3

柚木原みやこ　イラスト：ミュシャ

定価：704円（10%税込）

公爵令嬢のクリステアは、ひょんなことから自分の前世が日本の下町暮らしのＯＬだったことを思い出す。記憶が戻ってからというもの、毎日の豪華な食事がつらくなってしまう。そこでクリステアは自ら食材を探して料理を作ることに!!　けれど、庶民の味を楽しむ彼女によからぬ噂が立ち始めて——!?

詳しくは公式サイトにてご確認ください

https://www.regina-books.com/

携帯サイトはこちらから！

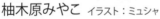

新感覚ファンタジー

RB レジーナ文庫

幸せふわきゅんライフ♥

寡黙な騎士団長は花嫁を溺愛する

水無瀬雨音　イラスト：一花夜

定価：704円（10％税込）

エルフの血を引く伯爵令嬢ヴィオレットは、人間離れした容姿から、人々に敬遠されて生きてきた。ある日、そんな彼女のもとに縁談話が舞い込んだ！　相手は他国の騎士団長アーノルド。身分の高い彼からの申し出を断ることなどできず、地獄の業火（ごうか）に焼かれる覚悟で結婚を決めたけれど……？

詳しくは公式サイトにてご確認ください

https://www.regina-books.com/

携帯サイトはこちらから！

本書は、2020年11月当社より単行本として刊行されたものに書き下ろしを加えて文庫化したものです。


この作品に対する皆様のご意見・ご感想をお待ちしております。

おハガキ・お手紙は以下の宛先にお送りください。

【宛先】

〒150-6008 東京都渋谷区恵比寿4-20-3 恵比寿ｶﾞｰﾃﾞﾝﾌﾟﾚｲｽﾀﾜｰ 8F
（株）アルファポリス　書籍感想係

メールフォームでのご意見・ご感想は右のＱＲコードから、
あるいは以下のワードで検索をかけてください。

アルファポリス　書籍の感想　検索

ご感想はこちらから

レジーナ文庫

とある小さな村のチートな鍛冶屋さん2

夜船紡

2022年2月20日初版発行

文庫編集－斧木悠子・森順子
編集長－倉持真理
発行者－梶本雄介
発行所－株式会社アルファポリス
〒150-6008 東京都渋谷区恵比寿4-20-3 恵比寿ｶﾞｰﾃﾞﾝﾌﾟﾚｲｽﾀﾜｰ8階
TEL 03-6277-1601（営業）　03-6277-1602（編集）
URL https://www.alphapolis.co.jp/
発売元－株式会社星雲社（共同出版社・流通責任出版社）
〒112-0005 東京都文京区水道1-3-30
TEL 03-3868-3275
装丁・本文イラスト－みつなり都
装丁デザイン－AFTERGLOW
（レーベルフォーマットデザイン－ansyyqdesign）
印刷－中央精版印刷株式会社

価格はカバーに表示されてあります。

落丁乱丁の場合はアルファポリスまでご連絡ください。

送料は小社負担でお取り替えします。


ISBN978-4-434-29973-5 C0193